LE SECRET
DES
HAUTS SALAIRES

BERTRAM AUSTIN et W. FRANCIS LLOYD

LE SECRET DES HAUTS SALAIRES

PRÉFACE DE J.-L. DUPLAN

TRADUIT DE L'ANGLAIS PAR PAUL LE BAILLY

PAYOT, PARIS
106, BOUL. ST-GERMAIN, 106

1926

Premier tirage Mai 1926

PRÉFACE

« Le Secret des Hauts Salaires », *c'est le titre du livre écrit par deux ingénieurs anglais, MM. Bertram Austin et Francis Lloyd, dans le but d'éclairer leurs concitoyens sur les causes de la prospérité industrielle actuelle des Etats-Unis, en opposition avec les conditions critiques de l'industrie anglaise.*

Les observations des auteurs ont été faites récemment au cours d'un voyage aux Etats-Unis durant le dernier trimestre de l'année 1925. Elles sont présentées, comme on va le voir, sous une forme concise et claire, sans aucune prétention littéraire.

Ce serait une grosse erreur de croire que les Français, qui ne souffrent pas du chômage comme les Anglais, n'auraient pas avantage à lire et à méditer « Le Secret des Hauts Salaires ».

Les auteurs expliquent et démontrent qu'avec de la bonne volonté, un sens aiguisé de l'organisation, des méthodes scientifiques et une vision claire du modernisme, les Américains sont arrivés à ce résultat paradoxal : payer plus cher leurs ouvriers, abaisser le coût des produits *et en même temps faire des bénéfices plus abondants. Henry Ford est l'exemple vivant du système. En 1914 il proclamait déjà qu'il paierait son personnel* mieux que quiconque, *vendrait ses voitures* moins cher *que ses concurrents et ne manquerait pas de* s'enrichir. *Les événements ont prouvé qu'il avait raison. Aujourd'hui, l'Amérique tout entière convertie au « fordisme » a introduit partout le règne de l'*efficiency, *mot qu'on pourrait traduire par* « maximum de rendement ». *Il faut, pour y parvenir, la coopération des employeurs, des employés et du public.*

Cet état d'esprit n'existe pas en Angleterre, où l'on vit encore sous la tyrannie des Trades-Unions. Il est équitable d'ajouter que l'introduction de machines, ou de systèmes à supprimer la main-d'œuvre, peut *effrayer, bien qu'à tort, les représentants d'une classe ouvrière,* dont une proportion importante est réduite au chômage. *C'est le cas de l'Angleterre. Mais la France, qui manque de main-d'œuvre et donne du travail à des centaines de mille d'étrangers, a-t-elle le droit de se désintéresser de méthodes de travail qui permettent d'obtenir des résultats meilleurs avec moins d'hommes, de rétribuer ces hommes mieux que jamais et mieux que partout ailleurs, enfin, en même temps que les salaires seraient augmentés, de diminuer le prix de la vie ?*

L'intérêt du livre qu'on va lire, c'est qu'il n'est pas l'exposé académique de savants théoriciens, pas plus que le rêve d'esprits imaginatifs. MM. Austin et Lloyd exposent des faits, *des* choses vues, *des* résultats acquis, acceptés, enregistrés, tangibles ; *ils ne décrivent pas des essais de laboratoire, mais enregistrent des cycles entiers de production et de consommation.*

En Angleterre, les Trades-Unions n'autorisaient l'emploi d'une machine nouvelle que si le patron prenait l'engagement de mettre autour de cette machine autant d'hommes qu'exigeait l'usage d'un instrument désuet et démodé, alors même que précisément le nouvel outil devait rendre inutiles les trois-quarts de cette main-d'œuvre : c'est le progrès à rebours.

Cet esprit a existé aussi en France. Le grand Jacquard, pour avoir imaginé de faire faire par un jeu de cartons un travail humain digne des galères, faillit être jeté dans le Rhône par les galériens eux-mêmes, c'est-à-dire par les ouvriers qu'il avait voulu libérer d'un travail très pénible.

Que cet esprit existe dans des pays à la main-d'œuvre surabondante, cela est, à la rigueur, explicable, — bien qu'il soit facile de démontrer que toute tâche accomplie crée du travail pour d'autres, — mais qu'en France, après la perte de plus d'un million d'hommes valides, avec la nécessité de maintenir sous les drapeaux une armée de 500.000 *soldats, on continue d'employer trois hommes à faire un travail qui pourrait être exécuté par un seul, cela est plus qu'incompréhensible, c'est criminel !*

Si « Le Secret des Hauts Salaires » *est facile à lire et à comprendre, son application ne laisse pas d'être difficile. Il consiste dans un idéal à la poursuite duquel devront coopérer bien des éléments divers.*

Patrons, ouvriers, contremaîtres, vendeurs, voyageurs, faiseurs de publicité, transporteurs, marchands de matières premières, enfin consommateurs, devront tous pousser à la roue pour obtenir le maximum d' « efficiency » *et recevoir la récompense de leurs efforts. Celui-ci recevra un bénéfice appréciable, celui-là un salaire élevé, enfin, tous les consommateurs pourront acquérir en abondance et à bas prix une marchandise qui ne sera pas grevée de charges improductives : ces charges ce sont le temps perdu, les complications inutiles, les modèles variés avec excès.*

Il est nécessaire que le rythme général du travail soit accéléré, que les non-valeurs disparaissent, que les demi-occupés consentent à être occupés en entier. Il faut, en d'autres termes, que la mentalité change.

L'employé insuffisamment payé, qui en donne pour l'argent, est néfaste. Il est indispensable qu'il soit bien payé et en donne pour l'argent. L'ouvrier gouverné par son Syndicat, qui lui commande de produire peu, est calamiteux. C'est un mauvais ouvrier et un mauvais consommateur.

La prospérité des Etats-Unis est le résultat d'un travail intensif et général. Le bon travailleur bien payé est un bon consommateur. Il s'enrichit en produisant, il enrichit les autres en devenant, à son tour, acquéreur de leurs produits.

La politique inverse ruinera les nations qui auront pratiqué la doctrine du « produire peu pour gagner beaucoup ».

*Il semble qu'on pratique en Europe l'*efficiency *à rebours.*

Il faut un quart de plus d'hommes, en Angleterre, pour extraire la même quantité de charbon de la mine qu'avant la guerre. Il en est, hélas, de même en France. Bien que la plupart de nos mines de charbon détruites par les Allemands aient été équipées à neuf, le nombre des ouvriers, bien loin d'avoir diminué comme il devrait l'être avec un outillage moderne, a augmenté dans la proportion de 3 à 4. Il a fallu 70.000 hommes de plus qu'en 1914 pour obtenir la production d'avant-guerre.

La nationalité de la main-d'œuvre n'a rien à faire avec ce piètre résultat. Les ouvriers polonais et tchéco-slovaques sont employés en grand nombre dans les mines américaines, comme chez nous.

En France, nous avons fort à faire pour atteindre dans les transports, dans le confort intérieur des habitations, dans l'usage du téléphone, de la télégraphie sans fil, dans l'industrie automobile, dans l'extraction du charbon, etc..., le degré de perfection des Américains. Certes, ceux-ci sont favorisés par des conditions particulières, telles que la richesse du sol et du sous-sol, un immense marché, un régime douanier unique sur l'étendue d'un continent, mais là ne réside pas la cause de la prospérité nouvelle qu'on constate depuis peu de temps seulement aux Etats-Unis : ce phénomène nouveau c'est une courbe montante des salaires, associée à une courbe descendante du coût de la vie : ce résultat est dû à l' « efficiency », c'est-à-dire à l'organisation scientifique, méthodique et raisonnée du travail.

Chez nous, certains esprits croient encore que pratiquer l'. « efficiency » *c'est faire tort à quelqu'un ! Aux Etats-Unis, on croit le contraire et on le prouve.*

Ouvriers, patrons, employés, lisez « Le Secret des Hauts salaires ». *Tirez de ce livre vivant vos propres conclusions.*

J.-L. Duplan.

AVANT-PROPOS

Cet ouvrage est le résultat du voyage d'études que nous avons fait aux Etats-Unis pendant le dernier trimestre de 1925.

Cette visite nous fut inspirée par l'idée qu'on pouvait retirer un certain profit d'une enquête effectuée sur place dans les grands centres industriels américains à une époque où, tandis que les Etats-Unis jouissaient d'une prospérité sans exemple dans leur histoire, la Grande-Bretagne se débattait dans les angoisses d'un marasme industriel également sans précédent qui a voué au chômage un million et quart de notre population.

Le but principal de notre enquête fut de rechercher les causes qui ont permis aux industriels américains de payer des salaires remarquablement élevés à leurs employés tout en abaissant le prix de la production.

Armés d'une certaine connaissance des conditions du fonctionnement des industries mécaniques en Grande-Bretagne et sur le continent, tant au point de vue de la fabrication qu'à celui de l'écoulement des produits, nous avons visité les villes les plus importantes de l'est américain ainsi que vingt-quatre grandes usines et autres organisations commerciales. Nous avons eu en outre de nombreuses occasions de discuter les grandes questions de méthode et de politique industrielles avec quelques-unes des personnalités américaines les plus qualifiées.

Nos impressions furent brièvement décrites dans un rapport intitulé *La Prospérité américaine* qui fut imprimé sans être mis en vente et provoqua certains commentaires dans la presse britannique et la presse continentale en janvier et en février 1926. Cet ouvrage est le résultat des suggestions que firent naître ces discussions et il a pour but de donner une publicité plus vaste aux faits et aux conclusions contenus dans notre rapport.

Nous avons constaté que certaines méthodes d'organisation industrielle qui ne sont généralement pas adoptées par les maisons anglaises étaient plus ou moins universellement pratiquées aux Etats-Unis. Ayant acquis la ferme conviction que l'adoption de ces principes a contribué plus que tout autre facteur à la prospérité actuelle de l'Amérique, nous les exposons et les discutons en détail dans les pages qui suivent.

Nous sommes heureux de manifester ici notre reconnaissance pour les facilités qui nous furent accordées au cours de notre enquête et la courtoisie dont les chefs des organisations que nous visitâmes firent preuve à notre égard. Nous adressons également tous nos remerciements aux nombreux américains qui voulurent bien nous donner toutes les informations que nous désirions et qui ont prodigué un temps précieux pour discuter avec nous les différents problèmes qui nous intéressaient. Nous tenons à remercier aussi les représentants résidant en Amérique du Gouvernement de S. M. Britannique pour leur généreuse bonne volonté à notre égard.

B. A.
W. F. L.

CHAPITRE PREMIER

OBSERVATIONS GÉNÉRALES

Les Etats-Unis d'Amérique traversent en ce moment une période de prospérité sans précédent dans leur histoire et tout examen attentif des causes de ce phénomène économique entraîne la conviction que cette situation durera encore au moins quelques années. Il est incontestable, certes, que quelques *booms* spéculatifs, d'importance d'ailleurs secondaire, se produisent, comme par exemple l'importante plus-value dont bénéficient actuellement les terrains en Floride et dans une ou deux autres régions. Mais, d'une manière générale, il est non moins incontestable que la prospérité industrielle de l'Amérique repose sur des bases tout-à-fait solides. Le fait que cette période de prospérité nationale n'a pas un caractère passager est démontré par l'accroissement régulier des dépôts effectués dans les Caisses d'Epargne. Pendant les sept dernières années le montant de ces dépôts s'est accru régulièrement de 100.000.000 de dollars par an, pour atteindre l'imposant total actuel de 1.400.000.000 de dollars. On peut affirmer que ces chiffres représentent à peu près exclusivement les économies de la population laborieuse des Etats-Unis. Fait significatif, on ne constate nulle part ni misère ni mendicité dans les rues des grandes villes.

Toute étude des conditions générales qui prévalent actuellement en Amérique montre à quel point cette prospérité est remarquable dans les entreprises industrielles qui exercent une influence si considérable sur l'existence de la population américaine. C'est pourquoi la politique suivie par ces grandes industries et les méthodes qu'elles appliquent méritent un examen approfondi. En fait, il est permis d'affirmer que c'est en grande partie à l'heureuse conduite de ces entreprises qu'il faut attribuer le niveau si élevé d'existence qui prévaut en ce moment en Amérique et la rapidité étonnante du progrès qui se manifeste dans toutes les directions.

On attribue assez justement presque tout l'honneur de cette prospérité à l'activité de l'industriel américain. Mais il ne faut pas perdre de vue que plusieurs autres facteurs y ont également contribué. Mentionnons entr'autres les prix avantageux auxquels se vendent les récoltes, le peu d'importance de la dette publique, la modicité des impôts, les services sans cesse croissants que rend au public l'organisation bancaire ; enfin — et surtout — la politique prévoyante de cette grande institution financière nationale, le *Federal Reserve Board,* qui a eu la sagesse de ne pas permettre une extension des crédits basée sur l'afflux extraordinaire de l'or qui s'est produit pendant les dernières années. Ce dernier facteur a empêché à lui seul cette hausse générale des prix, prévue et annoncée par beaucoup d'autorités financières européennes.

Les entreprises industrielles ont prospéré grâce à la *stricte observation* de quelques principes fondamentaux de direction, dont certains résultent surtout d'une véritable pénurie de main-d'œuvre. L'Amérique a trouvé le secret de la prospérité simplement parce que ce manque de main-d'œuvre l'a contrainte, sous l'empire d'une nécessité pressante, à adopter des méthodes permettant d'économiser à la fois le temps et le travail humain. Cependant, en Angleterre, on continue dans bien des milieux à attribuer la prospérité de l'Amérique uniquement à l'abondance de ses richesses naturelles, à l'ampleur de son marché intérieur et à l'afflux de l'or.

On mesure le degré de prospérité d'un pays par le rapport existant entre l'importance des salaires et le niveau général des prix, ce qui revient à dire que même dans le cas où les salaires s'immobilisent, un abaissement du niveau des prix représente un accroissement de prospérité. Il peut y avoir également prospérité lorsque les hauts salaires coexistent avec des prix élevés, pourvu que le rapport entre les deux facteurs soit suffisant. C'est ce qu'on constate souvent dans un pays riche en ressources naturelles, mais dépourvu d'industries importantes : ces ressources se présentant sous la forme de produits agricoles ou minéraux sont demandés par le reste du monde. Ceylan offre un exemple caractéristique de ce genre de pays. Pendant les dernières années, cette île a connu une réelle prospérité grâce à ses exportations de thé, de produits tirés de la culture du cacao, d'épices et, plus récemment, de caoutchouc. Les coolies employés en masse ont reçu des salaires élevés, tandis que les prix des marchandises, presque toutes importées, restaient également élevés. Le riz lui-même, base de l'alimentation indigène, doit être importé.

Aux Etats-Unis cependant, on est loin de constater aujourd'hui cette existence simultanée de hauts salaires et de prix élevés et il est clair que c'est au contraire grâce à l'élévation des salaires et à la modicité relative des prix des marchandises qu'ils jouissent de cette remarquable prospérité.

Pendant les dernières années, le rapport existant en Amérique entre le taux des salaires et les prix des objets de consommation n'a cessé de s'accroître et il est évident que ce résultat a été atteint simplement par l'abaissement du prix de revient des produits manufacturés et la réduction des frais de transport de toutes les marchandises grâce à une meilleure organisation et à l'élimination du gaspillage. C'est en grande partie à ces raisons, beaucoup plus qu'à l'abondance des ressources naturelles du pays qu'il faut attribuer l'accroissement de prospérité si marqué que l'on a tout récemment constaté aux Etats-Unis. Et tout pays peut connaître la prospérité, même s'il est dénué de richesses naturelles, même s'il dépend entièrement des marchés extérieurs pour son approvisionnement en matières premières, à la seule condition que le prix de revient des objets fabriqués par son industrie soit suffisamment bas.

On considère souvent comme une cause importante de la prospérité des Etats-Unis l'ampleur de leur marché intérieur. La vérité est que l'importance de ce marché intérieur américain est fonction de la prospérité nationale ; elle grandit avec elle, car plus s'élève le rapport entre les salaires et les prix des objets de consommation, plus s'accroît le pouvoir d'achat de la population. L'ampleur du marché intérieur américain n'est donc pas une *cause* de prospérité : elle en serait plutôt même la conséquence.

Cette coexistence du bas prix de la production industrielle et des hauts salaires payés aux ouvriers américains a fait l'étonnement du monde. Cependant il ne manque pas de preuves pour démontrer qu'il est possible de réduire continuellement les prix des produits manufacturés offerts aux consommateurs en ne cessant en même temps d'accroître les salaires payés aux producteurs. Et il convient de se demander avant tout par quels moyens les Etats-Unis, dont l'industrie est relativement jeune, ont réussi à prendre la tête du monde au point de vue du succès de leurs méthodes industrielles, tout en assurant une harmonie remarquable dans les rapports entre employeurs et employés.

C'est à M. Henry Ford que revient l'honneur d'avoir le premier audacieusement adopté la politique industrielle qui entraîne l'application des principes fondamentaux de direction dont nous venons de parler. Il a offert au public un article utile dont le prix a été constamment réduit quels que fussent les prix obtenus par ses concurrents. En même temps il faisait bénéficier son personnel de salaires plus élevés que ceux payés partout ailleurs dans le monde, tandis que lui-même, sans l'avoir tout d'abord particulièrement recherché, recevait la récompense méritée de sa clairvoyance et de sa hardiesse.

D'autres industriels entreprenants eurent tôt fait de profiter de la leçon offerte par l'étonnant succès de M. Ford et ils se rendirent vite compte que sa réussite était due à l'adoption d'une politique de direction applicable aux industries autres que celle de l'automobile. C'est ainsi que l'application de ces principes se généralisa progressivement dans l'industrie, l'agriculture et le commerce américains, pour le plus grand profit de tous.

Voici quels sont, d'après les observations et les recherches que nous avons pu faire sur place, les plus importants et les plus efficaces de ces principes fondamentaux de direction :

A) Le succès d'une entreprise dépend dans une large mesure de la stricte observation de la règle d'après laquelle l'avancement ne doit être accordé qu'au mérite et à la capacité en dehors de toute autre considération ;

B) Il est en définitive plus avantageux d'accroître les bénéfices d'une entreprise par la seule augmentation du volume des ventes, en réduisant les prix demandés au consommateur, tout en maintenant ou même en améliorant la qualité, qu'en essayant de maintenir ou d'élever les prix ;

C) La rapidité de la fabrication nécessite relativement moins de capitaux immobilisés ou liquides (capital d'installation et d'outillage et capital de roulement) ;

D) On peut accroître indéfiniment le rendement individuel de la main-d'œuvre en perfectionnant les installations et les méthodes permettant d'épargner le temps et le travail humains ;

E) Il vaut mieux rémunérer la main-d'œuvre par un salaire proportionné au rendement obtenu, sans établir de limite quelconque, que par un salaire fixe. — Contrairement à l'opinion qui prévaut en Europe, de hauts salaires n'impliquent pas nécessairement des prix de vente élevés. Il est conforme à l'intérêt général que la politique d'organisation industrielle tende à élever les salaires tout en réduisant les prix ;

F) On ne saurait trop conseiller aux entreprises concurrentes de procéder à des échanges réciproques de vues ;

G) La suppression du gaspillage constitue un facteur essentiel de la prospérité nationale ;

H) Il est important de consacrer toute l'attention possible au bien-être des employés ;

I) Les recherches et les expériences sont d'une importance capitale pour le succès d'une entreprise.

CHAPITRE II

L'AVANCEMENT AU MÉRITE

PRINCIPE A. — Le succès d'une entreprise dépend dans une large mesure de la stricte observation de la règle d'après laquelle l'avancement ne doit être accordé qu'au mérite et à la capacité, en dehors de toute autre considération.

Les Américains n'ont jamais cru à la théorie suivant laquelle l'aptitude professionnelle est héréditaire.

On a constaté que les entreprises marchaient généralement mieux lorsque le conseil d'administration déléguait à un seul chef la direction absolue de toute l'affaire. En ce cas le choix et la nomination de ce chef constituent la principale fonction du conseil, qui remet entièrement entre ses mains l'entière responsabilité et l'avenir de la société. Un des avantages de cette politique est que le chef responsable se trouve ainsi délivré du désagrément d'avoir à répondre, le cas échéant, aux critiques plus ou moins fondées des autres co-directeurs. Il est souvent difficile de trouver un chef capable disposé à accepter cette lourde responsabilité ; aussi sa rémunération doit-elle être nécessairement élevée. L'efficacité de sa gestion ne pouvant être jugée que par le conseil d'administration sur l'ensemble des résultats commerciaux obtenus, il est évident que le détenteur de ce poste peut se permettre difficilement de faire preuve de favoritisme en choisissant les membres de son état-major parmi des parents ou des amis personnels plus ou moins qualifiés : toute décision de ce genre, en influant défavorablement sur les résultats de l'entreprise tendrait inévitablement à compromettre la situation même de son chef. Celui-ci a, au contraire, le plus grand intérêt à choisir parmi les plus capables ses différents collaborateurs.

Remarquons qu'il ne devrait exister aucune ligne artificielle de démarcation entre les chefs de services et les ouvriers. Il est incontestable qu'une telle division existe aujourd'hui en Angleterre. On doit la considérer comme une survivance de cette époque révolue où les ouvriers étaient voués à un travail artificielle de démarcation entre les chefs de services les cadres déployaient une activité uniquement intellectuelle. Etant donné qu'il y a partout aujourd'hui une tendance très nette à utiliser des machines pour remplacer le travail manuel et que l'ouvrier appelé à diriger ces machines doit de plus en plus faire preuve d'intelligence, il est clair que cette division ne se trouve plus justifiée. En conséquence il ne doit y avoir, en principe, aucune raison pour qu'un ouvrier de la plus modeste catégorie, s'il montre des aptitudes suffisantes, ne puisse être promu lorsque l'occasion s'en présente, aux situations les plus élevées. Le personnel se rendant pleinement compte que l'avancement ne peut être obtenu qu'en faisant preuve d'aptitudes et de capacité, il y a moins de place pour des manœuvres ou des intrigues en vue d'obtenir ou de conserver des postes bien rétribués. Bien des discussions intérieures, bien des pertes de temps se trouvent ainsi évitées. En présence d'erreurs d'une certaine gravité ou d'insuffisance professionnelle on ne doit pas hésiter à rétrograder ou même à renvoyer l'employé incompétent. Il est en effet plus facile de congédier un homme qui ne se sert pas d'une machine d'une façon satisfaisante que de remplacer la machine. En somme le principe rigoureux de l'avancement accordé exclusivement au mérite ou à la capacité est conforme à celui du salaire proportionné au rendement et aux résultats.

La chance d'améliorer leur situation étant ainsi clairement offerte à tous les membres du personnel capables et ambitieux, on peut imaginer l'ardeur et l'enthousiasme qu'ils apportent à leur travail. L'application rigoureuse de ce principe permet d'éviter l'anomalie d'un homme placé sous les ordres d'un autre moins qualifié que lui.

L'énergie et l'enthousiasme étant l'apanage de la jeunesse, il est significatif de remarquer que dans le monde industriel américain la plus grande partie des postes importants sont occupés par des hommes relativement jeunes. Aussi l'âge moyen de la retraite est-il beaucoup moins avancé qu'en Grande-Bretagne.

On ne peut nier que dans bien des entreprises

anglaises l'esprit d'initiative des hommes les plus capables ne soit bien souvent brisé ou paralysé par l'impossibilité où se trouve la haute direction de mettre chacun à sa place. Et il est assez triste de constater que les hommes capables ainsi traités et manquant d'un esprit suffisant de combativité, finissent trop souvent par se résigner à leur sort et perdent avec le temps leur esprit d'initiative et leur supériorité.

Répétons en terminant que les chefs d'entreprises américains n'hésitent jamais à débarrasser leurs organisations des employés incompétents ou insuffisants.

CHAPITRE III

PETIT BÉNÉFICE MULTIPLIÉ

PRINCIPE B. — Il est en définitive plus avantageux d'accroître les bénéfices d'une entreprise par la seule augmentation du volume des ventes en réduisant les prix demandés au consommateur, tout en maintenant ou même en améliorant la qualité, qu'en essayant de maintenir ou d'élever les prix.

Tout le monde admet que si un article d'utilité courante est offert meilleur marché, le volume des ventes s'accroîtra en raison de la réduction et même dans certains cas — s'il y a place pour une grande demande — dans une proportion supérieure. Par exemple, si le prix d'un article est réduit de 50 p. 100 le nombre des personnes qui auront les moyens de l'acheter sera beaucoup plus que doublé.

Qu'on nous permette de citer à l'appui de cette affirmation la production de la *Ford Motor Company,* de 1908 à 1924. En 1908-1909, les usines Ford produisirent exactement 10.660 voitures dont le prix de vente était fixé à 950 dollars. En 1924, la production des mêmes modèles atteignait le chiffre de 1 million 993.419 voitures dont le prix avait pu être réduit à 290 dollars. En d'autres termes, tandis que le prix de 1924 représentait environ le tiers du prix de 1908, la production avait été 200 fois plus forte. Il est donc évident que même en réduisant considérablement le pourcentage du bénéfice, on peut réaliser dans l'ensemble des profits beaucoup plus élevés.

Tout accroissement de la production d'un article permet invariablement l'abaissement de son prix de revient. Tout d'abord chaque unité supporte une fraction moins élevée des frais généraux : les diverses charges de l'entreprise, loyers des terrains et des bâtiments, charges d'entretien et d'amortissement, appointements des chefs de services et surveillants, salaires, charges fiscales, assurances, etc... se trouvant répartis sur un plus grand nombre d'articles représentent une proportion plus réduite du prix de ces articles. En outre on réalisera une économie sur le prix des matières premières ou des pièces et accessoires commandés au dehors si on les achète par plus grandes quantités. Enfin, et ceci est important, il est d'autant plus facile de se servir de dispositifs et d'appliquer des méthodes tendant à épargner le temps et le travail humains, que de grandes quantités de matières premières sont traitées dans les ateliers. Une production plus importante signifie que l'affaire est prospère et en plein développement, qu'il lui faut plus de bras et aussi plus de cerveaux pour réaliser encore de nouveaux progrès.

Dans bien des cas une maison trouvera plus avantageux, plus économique et plus sûr d'entreprendre elle-même la fabrication de certaines pièces ou accessoires qu'elle se procurait jusque là au dehors.

C'est ainsi que la *Ford Motor Company* fabrique elle-même son propre verre à vitre et cultive le lin nécessaire au bandage de ses pneus. C'est pour répondre à cette préoccupation constante de réduction du prix de revient que la *Ford Motor Company* décida de fabriquer son propre verre à vitre lorsque des expériences lui eurent démontré qu'en appliquant de nouveaux procédés le verre lui reviendrait meilleur marché. En même temps elle se débarrassait à l'avenir de tout souci au sujet d'une impossibilité de se procurer cet article.

Disons incidemment que la *Ford Motor Company* emploie maintenant 200.000 personnes. Les salaires minimum sont de l'ordre de 29 schellings 2 pence par jour. Cette organisation occupe donc une situation de tout premier ordre dans le monde industriel des Etats-Unis.

On croit souvent que ce principe n'est applicable qu'aux articles susceptibles d'être fabriqués en grande quantité et en séries, comme les bicyclettes ou les machines à coudre, mais qu'on ne saurait l'appliquer par exemple à la construction des navires, des locomotives, des grandes machines, etc. Il est vrai que certains articles manufacturés se fabriquent par millions comme les boulons et les écrous tandis que d'autres comme les maisons et les navires sont établis par unités. En réalité, il n'existe, au point de vue des méthodes de production, aucune ligne de démarcation bien claire entre les objets fabriqués en masse et les autres.

Tout le monde admet qu'il est désirable de réduire le prix de tous les objets manufacturés et que ceux qui sont produits en grande quantité sont relativement meilleur marché que les autres. Mais on peut arriver à réduire le prix d'un grand nombre d'articles en les faisant passer dans la catégorie de ceux que l'on fabrique en séries par la simplification des modèles et la réduction des dimensions et des caractéristiques de chaque article particulier. Bien des articles produits en Grande-Bretagne sont fabriqués dans un grand nombre de types, de calibres et de dimensions simplement pour répondre aux goûts multiples des acheteurs. Mais, en définitive, ce qui intéresse surtout la masse des acheteurs, c'est la modicité du prix. Par une coopération bien entendue les fabricants de n'importe quel objet pourraient arriver à simplifier et à réduire les trop nombreuses variétés à quelques modèles. Ces procédés de simplification et de standardisation pourraient sans inconvénient continuer à être appliqués jusqu'à ce que toutes les pièces des grandes machines, les boulons, les écrous, les rivets, les poutres et les plaques d'un navire, des locomotives et des maisons entières même, puissent être standardisées et susceptibles d'être établies en un certain nombre de séries déterminées. Une usine américaine de locomotives qui occupe 6.000 hommes produit 10 locomotives de grandes lignes par jour. Des maisons en acier sont maintenant construites en séries en Angleterre.

Les hommes d'affaires américains ont étudié avec

soin le problème de l'élimination d'un certain nombre de variétés d'articles manufacturés. Le *Times Trade and Engineering Supplement* du 16 janvier 1926 a publié une étude démontrant que dans la plupart des industries américaines environ 80 p. 100 de la production et des ventes correspondaient à 20 p. 100 seulement des variétés fabriquées. Jusqu'en 1925, 400 branches séparées et distinctes de l'industrie américaine se sont sérieusement attachées à réduire le nombre des modèles d'un grand nombre d'objets depuis les clous jusqu'aux ustensiles les plus divers et aux outils agricoles. On a constaté qu'il n'y a en réalité aucune industrie qui ne se trouve plus ou moins embarrassée par la diversité excessive des produits. On fait enfin remarquer que la simplification ne doit être considérée que comme une étape vers la standardisation. Etant donné son caractère volontaire c'est par une simplification adoptée par tous les industriels qu'il convient d'entrer dans cette voie. On peut citer des exemples frappants de ce qui a été déjà réalisé dans cet ordre d'idées :

Les différentes variétés de roues de charrettes ont été réduites de 175 à 4 types ; les chaînes de 2.044 à 820 ; les montres de 600 à 80 ; les machines et outils agricoles de 1.092 à 37 ; les marteaux, les haches, etc... de 2.752 à 761; le papier de 377 à 56; les briques à paver de 66 à 7; la tuyauterie et ses accessoires de 1.700 à 610 ; les articles de fumisterie de 2.982 à 364 ; les articles d'installations de toilette et d'hygiène de 452 à 140.

Si tous les industriels qui se livrent à la fabrication d'un article particulier n'arrivent pas à s'entendre pour décider une réduction des variétés de leur production, chacun d'eux n'en a pas moins la possibilité d'opérer individuellement cette réforme pour son propre compte. C'est ainsi qu'un fabricant anglais d'échelles est arrivé à réduire à deux seulement le nombre auparavant beaucoup plus élevé de ses modèles. Il conduit son affaire d'après les meilleurs procédés américains et bien qu'il n'ait commencé sa fabrication que depuis deux ans sa production d'échelles égale déjà celle de tout autre fabricant britannique.

En ce qui concerne les articles d'usage personnel et de confort domestique, la simplification et la standardisation s'arrêteront à la limite où les ventes fléchiraient par suite de la monotonie des modèles. Nous avons encore beaucoup de chemin à parcourir en Angleterre avant d'en arriver à ce point.

Il peut arriver qu'un article manufacturé en grandes quantités soit offert au public si bon marché qu'on ait intérêt à stimuler son écoulement en améliorant désormais sa qualité plutôt que son prix. Le résultat, en ce cas, est le même pour le fabricant. Sa plus grande production a pour effet de réduire son prix de revient ; une partie de l'économie ainsi réalisée est consacrée à l'amélioration de l'article tandis que le reste est appliqué à l'accroissement des salaires et des profits.

CHAPITRE IV

UNE FABRICATION RAPIDE EXIGE UN CAPITAL MOINDRE

PRINCIPE C. — La rapidité de la fabrication nécessite relativement moins de capitaux immobilisés ou liquides (capital d'installation et d'outillage et capital de roulement).

L'avantage qu'on peut s'assurer en exécutant rapidement une opération est si indirect que son importance est souvent perdue de vue. Cet avantage n'en est pas moins certain. Si, par exemple un travail peut être terminé dans un atelier en une heure de moins que le temps prévu, le local et les machines (avec la fraction de frais généraux qui les accompagnent) restent disponibles et peuvent, durant cette heure, être appliquées à un autre travail pratiquement sans aucun frais généraux. En outre, si toute la tâche distribuée aux ateliers est accélérée, l'organisation tout entière, y compris l'outillage, exécute une plus grande quantité de travail dans un temps donné. En d'autres termes, une fabrication donnée peut être exécutée avec un capital moindre.

A condition d'un progrès continu dans ce sens, par

l'emploi de machines plus vites et par une exécution plus rapide des travaux en cours d'exécution il est donc possible, avec un capital donné, d'accroître indéfiniment la fabrication. Les dépenses causées par les perfectionnements ainsi continuellement apportés à l'outillage et à l'organisation devraient être imputées au fond spécial d'entretien et d'amortissement ; elles ne sauraient faire l'objet d'un accroissement de capital. Il est évident que la livraison rapide de ses produits à ses clients représente pour le fabricant une économie déterminée ; elle représente aussi une économie pour le client. En ce qui concerne l'application de cette politique, l'intérêt du fabricant et celui de ses clients sont donc identiques.

En Amérique, on attribue généralement la rapidité de livraison des marchandises à l'avantage évident qu'en retirent les fabricants.

Voici un exemple frappant de l'application de ce principe : les blanchisseries américaines qui ramassent le linge sale le matin à 10 heures le livrent blanchi le soir même à 6 heures. Remarquons en passant que l'Américain voyageant pour affaires peut ainsi transporter tout son bagage personnel dans une simple valise contenant tout juste deux unités de chaque effet d'habillement ce qui lui permet de pouvoir se changer tous les jours.

CHAPITRE V

PRODUCTION INDIVIDUELLE ILLIMITÉE

PRINCIPE D. — On peut accroître indéfiniment le rendement individuel de la main-d'œuvre en perfectionnant les installations et les méthodes permettant d'épargner le temps et le travail humains.

On se rend très nettement compte aux Etats-Unis que, grâce aux progrès incessants des inventions et du machinisme, il est impossible de fixer aucune limite à la capacité de production d'un homme. Il est par conséquent extrêmement important, essentiel même, pour les fabricants, de se tenir continuellement au courant des inventions et des perfectionnements mécaniques et de les adopter sans délai aussitôt qu'ils ont fait leurs preuves. Pour l'industriel américain, anxieux d'employer toujours l'outillage le plus perfectionné, un sacrifice de matériel ancien que nos fabricants européens considèrent comme un gaspillage injustifiable est au contraire un important facteur de succès et un procédé normal de bonne exploitation et de progrès. Aussi n'est-il pas surprenant de voir les frais d'amortissement jouer un si grand rôle dans la comptabilité de toute grande exploitation industrielle américaine. C'est ainsi que l'*Allied Che-*

mical and Dye Corporation dont les immeubles, le matériel, les mines et l'outillage sont estimés à 153 millions de dollars, n'a pas craint de consacrer au cours de l'exercice 1924, la somme de 81.400.000 dollars à des dépenses d'amortissement et de remplacement de matériel démodé. Ajoutons incidemment qu'elle a distribué cette même année un dividende de 80 p. 100 sur ses actions ordinaires et qu'au cours des trois ou quatre dernières années, elle a entièrement remboursé toutes ses obligations privilégiées.

Lorsqu'elles décident de sacrifier un matériel démodé, les entreprises américaines trouvent souvent plus avantageux d'abandonner purement et simplement les bâtiments et l'outillage condamnés pour éviter les frais de démolition et d'enlèvement. Un peu de réflexion nous montre que cette manière d'agir peut, dans certains cas, être profitable. Admettons, par exemple, qu'une firme A a fabriqué un produit par un certain procédé pendant plusieurs années. Pendant ce temps des essais satisfaisants ont prouvé que le produit en question peut être fabriqué plus économiquement par un procédé différent. Une nouvelle compagnie B est formée pour fabriquer le produit par le nouveau procédé. Pour soutenir avec succès cette concurrence il est probable que la firme A se verra dans l'obligation de renouveler entièrement son outillage qu'elle devra, en ce cas, passer immédiatement aux profits et pertes. Mais admettons que la compagnie B ait installé son outillage moderne dans des bâtiments neufs convenant exactement au nouveau système de fabrication. En ce cas, il est clair que la compagnie A, pour éviter d'imposer à sa nouvelle affaire les frais de démolition de la vieille installation peut, tout bien considéré, trouver avantageux d'abandonner simplement les lieux pour édifier une usine complètement neuve. La firme A entrera en campagne dans les mêmes conditions que sa concurrente B. Si la compagnie A n'avait pu suffisamment amortir le prix de son ancienne installation, son inscription aux profits et pertes signifiera bien entendu une perte pour la compagnie, mais une perte qui n'affectera en aucune manière les perspectives de bénéfices futurs de la compagnie.

En Angleterre, ni la majorité des industriels, ni le Gouvernement ne paraissent se rendre compte de la nécessité d'amortir aussi rapidement que possible les installations industrielles. Au lieu d'encourager les industriels à procéder le plus vite possible à cet amortissement, le gouvernement leur inflige au contraire une véritable pénalité, en soumettant à l'impôt les charges d'amortissement dépassant une moyenne de 8 0/0. Le gouvernement devrait au moins admettre un abattement d'impôts sur toutes les sommes réellement consacrées à l'amélioration ou au remplacement de l'outillage, des installations et des bâtiments. Le fisc n'y perdrait d'ailleurs rien et se verrait amplement dédommagé non seulement par les bénéfices supplémentaires réalisés par l'entreprise elle-même, mais aussi par ceux de la maison qui aurait fourni le nouvel outillage.

Grâce à cette utilisation constante du matériel le plus nouveau, nous constatons qu'en Amérique le rendement individuel de la main-d'œuvre ne cesse de s'accroître. C'est là un point d'une importance capitale lorsqu'on recherche les causes de l'étonnante prospérité de ce pays. Tout industriel devrait prêter une attention particulière au rendement de chacun de ses employés et il ne devrait négliger aucun effort pour en augmenter continuellement l'importance. Ce serait une erreur de croire que cette politique n'est applicable qu'aux entreprises industrielles. Un commis d'agent de change peut accroître considérablement son rendement en se servant de machines à calculer ou de machines comptables. Et l'on sait qu'aujourd'hui les entrepreneurs de peinture en bâtiment sont arrivés à accroître considérablement le rendement de leurs ouvriers par l'adoption d'appareils spéciaux.

Mais examinons la valeur d'une objection familière d'après laquelle les inventions destinées à économiser le travail humain en remplaçant l'homme par la machine ont pour résultat de favoriser le chômage.

Cette objection part du principe, faux, qu'étant donné qu'il existe une quantité, supposée fixe, de travail à exécuter, plus un homme en fera moins il en restera pour les autres. Prenons tout d'abord un cas excessif et supposons que dans une usine chaque homme est laissé libre d'exécuter, à l'heure, une tâche aussi minime que possible. L'usine reçoit la commande d'une locomotive à livrer dans les six mois et il a été convenu entre le client et l'industriel que le montant du prix sera déterminé par le total des salaires affectés à cette fabrication, augmenté de 100 0/0 pour couvrir les frais généraux, les matières premières employées devant être payées au prix coûtant. Supposons que le prix d'une locomotive semblable ait été, avant cette liberté laissée à chaque ouvrier de travailler aussi peu que possible, de 6.000 Lst., prix de concurrence représentant 2.000 Lst. de salaires, 2.000 Lst. de matières premières et 2.000 Lst. de frais généraux et bénéfices. Si chaque homme met huit heures pour exécuter le travail qu'il pourrait faire en réalité en une heure, il est évident qu'il faudra huit fois plus d'hommes pour exécuter la commande dans le délai imparti par le contrat. Dans ce cas, le total des salaires seulement s'élèvera à la somme de 16.000 Lst. Il est plus qu'évident que la possibilité de trouver acquéreur pour d'autres locomotives à un prix aussi prodigieux, reste des plus problématiques. Si l'on continue à appliquer ce système, les usines ne recevant plus d'ordres devront fermer leurs portes en jetant tout leur personnel sur le pavé. Cet exemple démontre que toute politique tendant à restreindre ou à limiter le rendement individuel constitue pour une entreprise un véritable suicide.

Maintenant voyons ce qui se passerait si le même établissement adoptait le système consistant à tout faire pour accroître la capacité de production de chaque homme, grâce à l'entière collaboration des ouvriers et à l'aide de tous les moyens propres à réaliser des économies de temps et de travail. Nous supposerons que chaque homme reçoit un encouragement tel à augmenter son rendement, qu'il arrive à fournir dans un temps donné une somme de travail effectif supérieure de 50 0/0 à la normale. Cet encouragement, traduisons-le par une augmentation de salaire de 50 0/0. Il est évident, en ce cas, que pour terminer la locomotive dans le délai de six mois, il ne faudra plus que les deux-tiers de la main-d'œuvre qui eût été normalement nécessaire. Les salaires, majorés de 50 0/0, s'élèveront bien toujours à 2.000 Lst., mais la quantité de main-d'œuvre, de machines et d'espace ayant été réduite d'environ un tiers il s'ensuit que les frais généraux ne s'élèveront plus qu'à 1.330 Lst. et dans le cas où le prix des matières premières ne changerait pas, le coût total de la locomotive se trouverait ramené à 5.330 Lst. au lieu de 6.000. Ce prix se trouvant inférieur de 10 0/0 au prix de concurrence admis, la compagnie n'aura désormais aucune difficulté à obtenir de nombreuses commandes et se trouvera ainsi amenée à employer le plus d'hommes possible, *au taux ainsi accru des salaires.*

Le Bulletin du *Federal Reserve Board* des Etats-Unis, du mois de décembre 1925, montre que de septembre 1924 à octobre 1925, le nombre des emplois de l'industrie américaine s'est accru dans une proportion de 6,4 0/0. Quant au total des salaires payés dans la même branche il s'est accru pendant la même période dans la proportion de 12,6 0/0. Ces chiffres représentent les moyennes d'un ensemble de trente-quatre industries diverses. Enfin la production a augmenté pendant le même laps de temps de 24,8 0/0.

Mentionnons à titre d'exemple de ce qui a été réalisé dans cet ordre d'idées qu'à la centrale électrique de la *River Rouge Plant* (*Ford Motor Co,* de Detroit) un seul homme est employé pour assurer le chargement de chacune des batteries de quatre chaudières à charbon et à gaz, produisant une force de 70.000 CV. Rappelons que la *Ford Motor Co,* qui ne cesse d'accroître par tous les moyens la capacité de production individuelle de tout son personnel, non seulement n'a pas favorisé le chômage mais a pu arriver très rapidement à employer l'effectif énorme, pour une seule affaire, de 200.000 hommes dont le salaire *minimum* atteint, nous l'avons déjà dit, 29 schellings 2 pence par jour.

Un autre exemple de haute productivité individuelle nous est fourni par la *Colt Patent Firearms Manufacturing Co,* Hartford, Connecticut, où, dans un des ateliers un seul homme assure le fonctionnement de huit fraiseuses pour pièces détachées. De même à la *Lincoln Motor Co,* de Detroit, un atelier contenant 78 machines-outils est entièrement dirigé par 22 hommes, y compris le personnel de surveillance et d'inspection.

Dans un genre d'affaire tout différent, un seul employé du Service de la monnaie métallique de la *First National Bank,* de Boston, arrive en une heure, grâce à une machine spéciale, à compter et à mettre en rouleaux de 5 dollars chacun, la valeur de 4.000 dollars en pièces de 10 cents. Nulle part dans cet établissement aucun employé ne passe jamais à la plume une écriture quelconque, les appareils à calculer et les machines comptables étant employés dans tous les services.

Tous les efforts devant tendre à accroître la capacité de production *per capita,* c'est-à-dire individuelle, on doit, par des encouragements appropriés, tenir toujours en éveil et utiliser l'intelligence de tous les ouvriers et membres du personnel. Il est malheureusement vrai qu'en Grande-Bretagne, un capital des plus intéressants, le cerveau des travailleurs, reste ainsi complètement inutilisé dans beaucoup d'industries. L'intelligence du personnel employé devrait être au contraire utilisée à fond pour le plus grand profit de l'entreprise. D'ailleurs, dans la plupart des cas, l'ouvrier n'est guère encouragé dans l'industrie anglaise à se servir de son intelligence ; on ne songe en effet qu'à se servir de son adresse manuelle. On ignore trop souvent le fait qu'un ouvrier peut être doué d'une capacité intellectuelle considérable. Le progrès de la civilisation consiste dans le remplacement progressif du travail manuel par le travail intellectuel. Une direction avisée devrait tendre à convaincre l'ouvrier que le travail de son intelligence tout en lui épargnant du labeur et de la peine physiques, lui rapporterait davantage. Il est certain en effet que si un assez grand nombre d'hommes se complaisent à l'exécution d'une tâche manuelle, la majorité des êtres humains éprouve une réelle aversion pour le travail manuel qui n'est pas un simple exercice, mais une tâche imposée. Sans en avoir tout à fait conscience, la plupart préfèreraient probablement se livrer à un travail intellectuel bien que ce dernier soit tout aussi fatigant. Le but final de l'industrie devrait être l'élimination complète du travail manuel. Lorsque cet Elysée ne sera plus un rêve, le « travail » n'aura qu'à diriger le machinisme des usines avec son cerveau.

Tout en encourageant pécuniairement l'ouvrier à développer au maximum son adresse manuelle, il ne faut pas craindre de l'inviter aussi à réduire ou même à éliminer complètement sa raison d'être professionnelle par l'emploi de méthodes, dispositifs, machines ou appareils nouveaux. En d'autres termes si, après examen et essai, l'idée d'un ouvrier relative à une amélioration ou à un perfectionnement de fabrication, est trouvée suffisamment intéressante pour être adoptée, il doit être récompensé par une augmentation de salaire et une promotion à un poste plus élevé pour lequel il est évidemment qualifié. C'est ainsi que se réalisent les progrès, que l'affaire prend de l'extension et arrive à employer un plus grand nombre de travailleurs. On sait que l'Amérique donne l'exemple et montre la voie au monde pour les installations domestiques destinées à épargner le temps et la peine ; c'est là un fait trop connu pour qu'il nous paraisse nécessaire d'insister davantage.

L'expression « appareils ou dispositifs permettant d'économiser le travail humain » est particulièrement malheureuse et elle a créé en Angleterre un véritable malentendu. On a fini par considérer le machinisme destiné à économiser le labeur comme un moyen de supprimer le travail et par conséquent de réduire le nombre des travailleurs. On devrait plutôt voir dans ce machinisme un simple moyen d'économiser le temps et la peine inutile, et surtout d'aider l'ouvrier, sous une direction vraiment habile, à augmenter sa capacité de production et par conséquent son salaire, en un mot à hausser son niveau d'existence.

Ces perfectionnements peuvent être réalisés surtout dans deux directions :

a) L'invention de machines permettant d'exécuter un travail plus précis.

b) La généralisation des dispositifs et appareils de transmission et autres moyens mécaniques permettant de réduire la manutention.

L'installation des *Nankin Mills*, Detroit, nous offre un exemple d'application de cette première catégorie d'appareils. C'est une petite usine qui ne contient que 29 machines automatiques produisant des petites pièces de magnétos et de carburateurs. Ces machines, telles qu'elles furent conçues à l'origine par leur fabricant, étaient des modèles pouvant exécuter quatre opérations différentes avec rendement garanti de 1.000 pièces à l'heure. La compagnie se mit aussitôt à rechercher les moyens d'accroître encore le rendement de ces appareils en procédant à certaines modifications ayant pour objet d'accélérer la rapidité des divers mouvements et elle réussit à obtenir un rendement moyen de 1.560 pièces à l'heure.

D'un autre côté, un exemple intéressant des avantages que peut offrir l'emploi des dispositifs de transmission nous est fourni par la *Flat Roch Plant*, Detroit, qui fabrique par jour 14.500 jeux de lampes pour automobiles et emploie 570 ouvriers. Le nickelage des réflecteurs est effectué au moyen d'un simple dispositif de transmission se déplaçant au-dessus de réservoirs contenant les différents bains dans lesquels les pièces à nickeler se trouvent successivement immergées. Deux hommes suffisent à surveiller l'ensemble de l'opération électrolytique.

Il convient d'étudier toujours avec le plus grand soin la succession des diverses opérations en vue de réduire les frais de transport et de manutention depuis la réception des matières premières jusqu'à l'emballage des produits finis pour la livraison au client. Comme on se rend compte des avantages considérables que présentent ces appareils et ces méthodes, cette branche de la mécanique fait l'objet d'études spéciales dans les nombreuses écoles techniques des Etats-Unis. Une grande partie des travaux de recherches et d'expériences, si importants aujourd'hui dans les ateliers de construction américains est consacrée à l'étude de ces appareils ainsi qu'à celle de méthodes de production plus rapides.

CHAPITRE VI

SALAIRES ILLIMITÉS

PRINCIPE E. — Il vaut mieux rémunérer la main-d'œuvre par un salaire proportionné au rendement obtenu, sans établir une limite quelconque, que par un salaire fixe. — Contrairement à l'opinion qui prévaut en Europe, de hauts salaires n'impliquent pas nécessairement des prix de ventes élevés. Il est conforme à l'intérêt général que la politique d'organisation industrielle tende à élever les salaires tout en réduisant les prix.

On admet en Amérique que plus les salaires sont élevés, mieux cela vaut pour l'ensemble de la communauté puisque le travailleur a ainsi la possibilité d'élever son niveau d'existence. Un salaire plus élevé lui permet de s'assurer un certain bien-être qui, à son tour, lui fait désirer plus de bien-être encore et même un certain luxe. La conséquence logique de cet état de choses est de l'inciter à multiplier son effort pour accroître sa capacité de production. A ceux qui croient que les hauts salaires ont pour effet d'amener les ouvriers à gaspiller leur argent en « ribotes » et qui citent comme exemple ce qui s'est passé en Angleterre pendant la Guerre Mondiale, on peut répondre que les circonstances exceptionnelles et l'anxiété dans laquelle tout le monde vivait alors ont amené plus ou moins toutes les classes à verser dans un relâchement général qui n'a pas sa raison d'être dans une période normale. Faut-il rappeler à ces cyniques du pessimisme que rien de fâcheux ne s'est produit pendant la prospérité de l'Angleterre dans la seconde partie du XIXe siècle, bien que pendant cette période les salaires n'aient cessé de s'élever.

Dans certains milieux on pense, en Angleterre, que de hauts salaires ne sont pas désirables, et l'une des raisons de cette attitude n'est autre que la crainte de voir s'élever en même temps les prix des marchandises. En Europe, on considère généralement que le salaire représente le prix payé par semaine pour une somme de travail que l'on suppose devoir être fixe. On ne tient pas suffisamment compte du fait que la capacité de rendement d'un ouvrier peut être beaucoup plus grande que celle d'un autre. Or, étant donné qu'il peut y avoir d'importantes différences dans la production de différents ouvriers en raison de leurs aptitudes et de leur degré d'habileté, on ne peut en réalité soutenir que le salaire représente véritablement le prix d'une somme déterminée de travail fait. En outre, en raison de la lenteur des progrès accomplis en Europe dans l'adoption des méthodes dont nous avons parlé et qui permettent d'épargner le temps et le travail humains, le niveau des salaires est plus ou moins solidaire du niveau général des prix des objets manufacturés. En d'autres termes, le niveau des salaires et celui des prix s'élèvent et s'abaissent simultanément. Comme preuve que ce rapport étroit entre les salaires et les prix est accepté en Angleterre, rappelons qu'il est bien connu qu'on insère souvent dans les contrats une clause par laquelle le prix finalement payé se trouvera accru ou diminué selon que le niveau des salaires se sera élevé ou sera tombé pendant l'exécution du contrat ; c'est là une clause de sauvegarde qui joue à la fois pour le fournisseur et pour son client. Si toute la main-d'œuvre employée était rétribuée plus ou moins proportionnellement à la production, aucune hausse ou aucune baisse des salaires hebdomadaires ne pourrait affecter des prix stipulés par contrat.

Dans un pays où la main-d'œuvre est rétribuée par des salaires proportionnels dans une certaine mesure à la production, il est possible de voir s'élever le niveau général des salaires, tandis qu'au contraire le niveau général des prix reste stationnaire ou tombe même parfois. C'est exactement ce qui s'est passé aux Etats-Unis pendant les cinq dernières années.

Dans son rapport annuel publié le 29 novembre 1925, M. Hoover, ministre du commerce des Etats-Unis, cite l'Index du mouvement des salaires et des prix de 1920 à 1925, publié par le Département du Travail.

Les niveaux 1913 servent de base de comparaison, avec le coefficient 100. Le pourcentage des prix représente la moyenne des prix de gros de toutes les marchandises :

Année	Taux des salaires	Prix
1920	199	226
1921	205	147
1922	193	149
1923	211	154
1924	228	150

« Une comparaison avec des index similaires britanniques » dit le rapport « prouve d'une manière frappante que ces résultats sont particuliers aux Etats-Unis ».

En affectant le même coefficient 100 aux niveaux de base de 1913, voici les chiffres correspondants pour la Grande-Bretagne :

Année	Taux des salaires	Prix
1920	230	283
1921	260	181
1922	200	159
1923	170	162
1924	170	174

L'examen de la première table nous montre immédiatement que le niveau général des salaires, aux Etats-Unis, était plus élevé en 1924 qu'en 1920, tandis que les prix de gros étaient plus bas. Le taux des salaires américains s'était élevé en 1924 jusqu'à 128 0/0 au-dessus du niveau d'avant-guerre, tandis que le niveau des prix de gros s'était abaissé de 126 à 50 0/0 au-dessus du même niveau.

Les chiffres anglais donnés par la seconde table montrent au contraire que le niveau des salaires s'était *abaissé*, en 1924, à 70 0/0 au-dessus du niveau d'avant-guerre, tandis que le niveau des prix de gros s'était abaissé, de son côté, à 74 0/0 au-dessus du même niveau. Ces chiffres montrent en outre le rapport étroit qui existe entre le niveau des salaires et le niveau général des prix, ainsi que nous l'avons déjà fait remarquer.

Une étude des chiffres relatifs à la prospérité de la Grande-Bretagne pendant la seconde moitié du XIXe siècle révèle un mouvement des salaires et des prix analogue à celui qui se produit maintenant en Amérique.

Le *Times* du 20 janvier 1926 faisait remarquer que « les chiffres recueillis par M. Joseph Kitchen, montrent qu'en 1850 le commerce extérieur de l'Angleterre avec ses colonies et les différents pays du monde autres que l'Europe s'élevait à Lst. 171.000.000, soit Lst. 6,2 par tête d'habitant, en réalité Lst. 10,8. En 1900, ces chiffres s'élevaient respectivement à Lst. 877.000.000, Lst. 21,1 et Lst. 21,1. Les salaires de 1850 étant représentés par 100, ceux de 1900 atteignent 179. En réalité ils ne s'accrurent pas, pendant cette période, de plus de 54 0/0. Les revenus soumis à l'impôt s'élevèrent de Lst. 259.000.000 à Lst. 867.000.000, c'est-à-dire de Lst. 10,5 par tête d'habitant à Lst. 20,8. D'après Sauerbeck, les prix des marchandises tombèrent pendant la même période de 77 à 75. D'après les calculs du ministère du Commerce britannique, les prix tombèrent de 135,6 en 1871 à 100 en 1900.

Dans un pays où le rapport du niveau des salaires au niveau des prix reste stationnaire ou décroît, la prospérité est, elle aussi, condamnée à rester stationnaire ou à fléchir. Un accroissement de ce rapport signifie une élévation du niveau général de l'existence populaire. Et toute élévation de ce niveau se traduit aussitôt par un élargissement du marché intérieur dont l'importance ne saurait être sous-estimée. Si, par exemple, par suite d'un accroissement de productivité ou des progrès de l'éducation la population de l'Inde avait le désir et le pouvoir d'acheter en Angleterre une plus grande quantité d'objets manufacturés correspondant seulement à une roupie par tête d'habitant, la vente de ces objets se trouverait accrue, par ce seul fait, de Lst. 23.000.000 par an. La richesse d'un pays dépend en premier lieu de la capacité de production de sa population et toute mesure tendant à augmenter la capacité individuelle aura pour résultat infaillible d'accroître la richesse nationale. Dans les pays arriérés l'éducation générale doit progresser parallèlement au développement de la production afin que les suppléments de salaires gagnés par les travailleurs puissent être utilement dépensés. Si les progrès de l'éducation sont insuffisants, les hauts salaires constitueront à un degré beaucoup moins important un encouragement à produire davantage. En d'autres termes un ouvrier gagnant assez en deux jours pour vivre une semaine, d'après son ancien niveau d'existence, trouvera inutile de travailler pendant les quatre autres jours. Le progrès est intimement lié à l'élévation constante du niveau général de l'existence dans une région donnée. Inversement, tout fléchissement de ce niveau d'existence entraîne un recul de la civilisation. C'est ce qui explique l'aversion marquée que professent généralement les travailleurs pour toute réduction de salaires.

Les accords qui fixent des échelles mobiles de salaires variant avec la cherté de la vie tendent à immobiliser le niveau d'existence et sont par conséquent un obstacle au progrès.

Il est donc évident que tout employeur qui essaie de réduire les salaires de ses employés ou de ses ouvriers, non seulement leur cause un tort certain, mais dessert les intérêts de l'ensemble de la communauté dont il fait lui-même partie. S'il réussit, ce qui est d'ailleurs assez rare, il n'aboutira qu'à créer parmi son personnel un mécontentement qui ne tardera pas à se retourner contre lui-même.

Nous avons vu jusqu'ici comment l'ensemble de la communauté bénéficie de l'application de ce principe. Quant au travailleur lui-même, si son salaire est proportionné à sa production et s'il est bien entendu qu'aucune limite n'est fixée en principe à l'accroissement de ses gains, il est clair qu'il se trouvera ainsi singulièrement encouragé à produire davantage. La surveillance sera simplifiée tandis que le personnel se verra encouragé à faire preuve d'intelligence et d'initiative pour trouver des méthodes de travail plus rapides et supprimer le gaspillage. Rien n'est plus néfaste que la réduction du tarif aux pièces une fois qu'il a été établi. A moins d'un changement complet dans les méthodes de fabrication, pareille mesure a pour résultat inévitable de détruire immédiatement la confiance des travailleurs et de les persuader que leurs patrons sont opposés au principe des salaires élevés. Tous les travailleurs exécutent leur tâche avec plus d'entrain et de plaisir lorsqu'ils savent qu'il leur est possible d'augmenter leurs gains selon leurs aptitudes. On peut constater facilement en Amérique que les ouvriers sont heureux et contents et n'exécutent nullement leur travail à contre-cœur.

On a formulé diverses critiques contre les conditions dans lesquelles le travail est organisé dans les établissements Ford, en Amérique. Une impression superficielle peut par exemple faire croire que les ouvriers travaillent dans des conditions pénibles de pression et de rigoureuse surveillance. Une enquête attentive nous a permis de constater qu'il n'en est rien. En réalité, ce qui fait illusion, c'est la rapidité avec laquelle travaillent les machines qui accomplissent toute la tâche : les hommes ne font que les régler et les surveiller.

Une autre objection très fréquemment formulée consiste à prétendre que la majorité des ouvriers employés dans ces usines finissent par souffrir de l'extrême monotonie de leur travail, qui ne consiste souvent qu'en une opération très simple indéfiniment répétée. Toute la politique de la *Ford Motor Co* consiste à économiser le plus possible le travail humain par l'emploi généralisé du machinisme. Mais tout homme qui éprouve une répugnance pour la monotonie de la tâche mécanique qu'il exécute et qui peut — le cas est fréquent — faire preuve d'intelligence et d'initiative en cherchant, et en trouvant, un moyen de supprimer ou de diminuer son rôle, se voit immédiatement récompensé et promu. Dans tous les cas, chaque fois qu'un homme en manifeste le désir, on l'affecte au poste qu'il préfère, à condition qu'il puisse le remplir.

Il est donc faux que les ouvriers se trouvent condamnés à exécuter un labeur monotone et sans intérêt. Quant à l'objection qui consiste à soutenir que les hommes sont transformés en machines, est-il nécessaire de faire remarquer que toute la politique de la Compagnie tend précisément à réaliser le contraire ?

L'importance du principe d'après lequel on ne doit jamais permettre, dans aucune circonstance, de fixer une limite aux gains possibles d'un travailleur quelconque, ne saurait être trop soulignée.

C'est ainsi que tous les tarifs aux pièces, toutes les échelles de primes et de bonis, comme ceux fixés par le système Halsey-Weir, doivent être respectés et maintenus une fois établis. En cas de changement, par suite de l'application d'une nouvelle méthode de fabrication ou d'un nouveau système, le nouveau tarif doit être établi de façon à permettre à l'ouvrier de gagner au moins autant par heure que sous l'ancien tarif.

L'application de ce principe a pour résultat d'amener la direction et la main-d'œuvre à concentrer leur énergie sur le même objectif. L'identité d'intérêts ainsi établie a pour effet d'améliorer les relations d'employeur à employé et de créer entre eux une étroite collaboration tout à l'avantage de l'entreprise.

La *General Electric Co*, de Schenectady, à New-York, possède un Conseil d'Usine composé de représentants de la direction et d'une délégation du personnel ouvrier. Ce Conseil se réunit tous les mois sous la présidence du Directeur général et l'on y discute toutes les questions relatives aux méthodes de travail, aux tarifs et taux des salaires, au nombre des heures de travail, aux questions d'hygiène et de bien-être des ouvriers, etc... Le Conseil se compose de trois ou quatre chefs de services et d'un représentant, élu au scrutin secret, par cent ouvriers. Cette institution a eu le plus grand succès et a contribué à dissiper bien des illusions nourries auparavant par le personnel sur certaines questions comme celles des frais généraux et des dépenses qui sont librement discutées au cours de ces réunions.

Lorsque l'état de choses que nous venons de décrire est fermement établi dans une entreprise, le personnel se rend compte que l'augmentation des salaires fait partie de la politique des employeurs qui cherchent à réaliser un bénéfice plus grand sur un chiffre d'affaires plus élevé. Inversement, toute organisation du travail ayant pour objet la restriction de la production ou l'augmentation des salaires sans qu'il soit tenu compte de la production porte directement atteinte à la prospérité de l'industrie et par conséquent à celle de l'ouvrier lui-même.

Une conséquence de l'application de ces principes sera la réalisation de l'un des buts poursuivis par les syndicats. L'absence de conflits entraînera la disparition de la propagande socialiste et le danger de troubles communistes. Le succès de la politique générale d'organisation industrielle aux Etats-Unis est une réponse décisive aux doctrines socialistes et bolchevistes.

CHAPITRE VII

ÉCHANGE RÉCIPROQUE DE VUES ENTRE MAISONS CONCURRENTES

PRINCIPE F. — On ne saurait trop conseiller aux maisons concurrentes de procéder à des échanges réciproques de vues.

Il y a certainement avantage pour tous les intéressés à favoriser un libre échange de vues entre les maisons concurrentes engagées dans la même industrie. Ce principe a été appliqué en Amérique sur une vaste échelle et il en résulte une coopération efficace au point de vue de la production en même temps qu'une amélioration des méthodes de vente et de placement des articles. La loi Sherman interdit aux diverses entreprises de se concerter en vue de fixer les prix ou de former des trusts. On est persuadé maintenant aux Etats-Unis que le maintien artificiel de prix fixés à l'avance ou de prix de monopole est aussi préjudiciable au consommateur qu'au producteur parce qu'il tend à paralyser l'initiative individuelle dans la formation des sociétés et à restreindre en définitive la production. La politique de l'industriel américain consiste à développer ses débouchés en réduisant constamment le prix de ses articles. Le maintien des prix sous une forme quelconque irait à l'encontre de cet objet. Le genre de collaboration entre maisons concurrentes auquel nous faisons allusion ne concerne en fait ni l'établissement ni le maintien des prix ; il a surtout pour but de favoriser et d'établir des bases véritablement légitimes de concurrence. On peut affirmer que l'esprit grâce auquel bien des maisons ont pu échanger ainsi leurs idées et se communiquer réciproquement les résultats de leurs expériences dans certaines branches déterminées de l'industrie américaine, a largement contribué à favoriser le développement de nombreux groupements et sociétés principalement dans les industries du cuir, la publicité et le commerce des automobiles.

Ces groupements et sociétés de commerçants représentent une industrie particulière qu'ils tiennent au courant des changements de mode et des besoins nouveaux du public aussitôt qu'ils se manifestent. Les fabricants ne perdent ainsi aucun temps et établissent leurs programmes de fabrication en harmonie avec les besoins et les goûts du public.

L'élimination du gaspillage peut être considérablement facilitée par une collaboration des diverses maisons engagées dans une même branche d'industrie. Par exemple, il est possible de simplifier et d'unifier les documents commerciaux journellement établis par un grand nombre de maisons ; il peut en résulter une économie et un avantage pour les transactions. Les statistiques de vente de divers articles peuvent aussi constituer une indication des plus utiles à la production.

Deux importantes firmes américaines de matériel agricole entretiennent sur ces bases des rapports particulièrement étroits au point de vue de la production. Dès que l'une de ces maisons produit une nouvelle machine, l'autre en achète immédiatement un exemplaire en demandant communication des plans et dessins qui lui sont aussitôt adressés sans hésitation. La seconde maison peut ainsi examiner la machine dans tous ses détails et rechercher s'il est possible d'y apporter un perfectionnement quelconque.

Cet échange de bons procédés est naturellement réciproque. Les ingénieurs des deux compagnies visitent librement les ateliers de chacune d'elles où ils peuvent étudier à loisir toutes les questions de fabrication, de rendement, de méthodes de travail, etc... Cette coopération peut se maintenir dans son véritable esprit parce que les deux maisons sont pleinement convaincues qu'un progrès plus rapide peut être ainsi réalisé à leur avantage réciproque, la demande générale s'accroissant toujours en raison des perfectionnements apportés aux articles.

Comme nous l'avons déjà dit, la *Ford Motor Co* possède sa propre fabrique de verre à vitre. Cette compagnie fut la première à réaliser la fabrication du verre à vitre par le « procédé continu », ce qui lui a permis de réduire le prix de revient de 125 à 35 cents le pied carré. La formule donnant la proportion des matières employées, soude, cendres, silice, chaux, etc... avec lesquelles on charge les fourneaux et tous les détails du procédé de fabrication sont communiqués à qui le désire et tout le monde peut assister aux opérations. Le directeur de cette usine explique que si quelqu'un peut perfectionner le procédé et arriver à fabriquer ce verre meilleur marché, la Compagnie Ford n'hésitera pas à sacrifier sa propre usine et à se fournir désormais chez le nouveau producteur, afin de réaliser une économie.

Une direction capable n'a rien à perdre à divulguer ses procédés industriels ou commerciaux et elle peut d'autre part tirer d'utiles enseignements des suggestions et des recherches d'experts du dehors auxquels elle ouvre ses portes.

Lorsqu'une pareille largeur de vues se généralise dans un pays, les avantages qu'il en retire par suite de la diffusion des connaissances nouvelles finissent par lui assurer une situation prépondérante sur les autres nations au point de vue du progrès industriel.

CHAPITRE VIII

GUERRE AU GASPILLAGE

PRINCIPE G. — La suppression du gaspillage constitue un facteur essentiel de la prospérité nationale.

Dans l'industrie, avons-nous dit, il y a place pour d'innombrables perfectionnements. L'élimination du gaspillage peut à elle seule donner les résultats les plus intéressants. L'importance accordée dans l'industrie américaine à la lutte contre le gaspillage est souvent considérée dans les autres pays comme une manie. C'est qu'ils restent encore soumis à la loi du moindre effort et se laissent indolemment glisser sur la pente commode de la routine et du laisser faire. Mais ces vieilles et pernicieuses habitudes resteront un obstacle sérieux à bien des progrès tant que les industriels et les commerçants ne comprendront pas qu'un important supplément de bénéfices justifierait tout effort accompli par eux en ce sens. Il arrive trop souvent qu'une maison ne prête pendant longtemps aucune attention non seulement au coulage mais au simple gaspillage quotidien jusqu'au moment où, s'éveillant brusquement à la réalité, elle se voit obligée de décréter en toute hâte, mais trop tard, coupes sombres et mesures draconiennes qui, insuffisamment étudiées, ne sont parfois que des économies ruineuses. Souvent une dépense assez importante est nécessaire pour appliquer une réforme lorsqu'on abandonne une méthode ancienne dans l'unique but de réaliser une économie en évitant un gaspillage. Mais si l'on ne fait la guerre au gaspillage que de temps à autre et par « à coups », les dépenses engagées à cet effet ne sont généralement pas prévues et par conséquent ne figurent pas dans le budget normal. Tous les chefs de services sont supposés en principe s'occuper de la question des économies ; mais on sait que ce qui regarde tout le monde n'est en général fait par personne. Aussi, dans bien des organisations américaines, la nécessité de réaliser sans cesse des économies est-elle considérée comme assez importante pour justifier la présence d'un chef de service spécial qui consacre à cette question tout son temps et toute son énergie.

Aux Etats-Unis, tout visiteur reste frappé des progrès réalisés dans cette lutte continuelle contre le gaspillage. L'observateur s'en rend compte non seulement dans les usines mais partout, dans les rues, dans les maisons, dans les hôtels, dans les endroits publics, dans les institutions de toute espèce et dans toutes les branches du commerce. Eviter le gaspillage de toutes choses y compris le temps, l'énergie et l'espace est devenue partie intégrante de l'existence nationale américaine et de la politique de l'état.

Prenons un exemple en apparence négligeable et

futile. Il existe à New-York trois annuaires téléphoniques. Le volume qui contient la liste des abonnés des quartiers de Manhattan et du Bronx est un pouce (25 millimètres) plus large, trois huitièmes de pouce (9 millimètres) plus long et un quart de pouce (6 millimètres) plus épais que l'annuaire du téléphone de Londres. Le volume de Manhattan-Bronx contient 1.318 pages de noms et adresses d'abonnés plus 10 pages d'annonces tandis que l'annuaire de Londres a 1.302 pages de noms et adresses d'abonnés plus 7 pages d'annonces. Le volume américain pèse 4 livres 11 onces ¾ (2 kilogr. 135) et le volume anglais 4 livres 4 onces ¾ (1 kilogr. 945). Enfin, chacun des deux volumes contient exactement 100 adresses par colonne. Il est remarquable cependant de constater que tandis que l'annuaire de Londres contient 260.400 inscriptions d'abonnés, le volume de Manhattan en contient plus du double — exactement 527.200 — *imprimées dans le même caractère.* Voici la reproduction typographique exacte de deux lignes de ces annuaires, la première prise dans celui de Londres et la seconde dans celui de Manhattan :

Museum .... 3900 Johnstone W. G., Manfctring Jeweller 33 Percy st W.1

Johnstone Co The adv . 1270Bway. PENnsylvania-7781 Jones Alberta studio 19 W 85....SCHuyler-1

Si les autorités du service téléphonique londonien avaient adopté le dispositif américain avec les abréviations nécessaires pour épargner la place, on peut calculer qu'elles auraient évité : 1° l'achat de 500 tonnes de papier par an ; 2° les frais de transport de ce poids dans Londres ; 3° la reliure de 170.000.000 de feuilles par an. Ces chiffres ne représentent que l'étendue du gaspillage annuel *actuel* car naturellement si le nombre des abonnés augmente, le gaspillage augmentera en proportion.

En Amérique, un grand pas a été accompli dans la voie de la suppression du gaspillage en opérant la réduction du nombre, des types et des qualités différentes d'un même article et en éliminant les variétés superflues des produits manufacturés. Une coordination avisée des intérêts commerciaux a permis de réduire notamment les efforts et les pertes de temps en uniformisant dans la mesure du possible les formats et la disposition des documents commerciaux courants tels que lettres de voitures, reçus d'entrepôts, etc...

Une autre économie est en train de se réaliser sous la forme d'une réduction constante des frais de justice. Par suite des pertes de temps et d'argent qu'entraîne le recours aux tribunaux, il se produit en ce moment aux Etats-Unis un mouvement de plus en plus important en faveur du règlement des différends par voie d'arbitrage amiable.

Faisons enfin remarquer le gaspillage de temps et d'argent, bien connu d'ailleurs, qui résulte de l'antagonisme perpétuel des patrons et des salariés en Angleterre.

On doit reconnaître que dans cet ordre d'idées, les Etats-Unis furent les premiers à comprendre la réelle importance que représente pour une nation cette suppression du gaspillage de matières, de temps et de place à laquelle ils consacrent beaucoup d'attention et d'efforts.

CHAPITRE IX

LE BIEN-ÊTRE DU PERSONNEL

PRINCIPE H. — Il est important de consacrer toute l'attention possible au bien-être du personnel.

C'est pour une firme un véritable devoir envers ses actionnaires que de déployer dans toutes les directions le maximum d'efforts pour développer la prospérité de l'affaire. Toute industrie est un assemblage d'hommes et de machines. On prend toujours le plus grand soin de ces dernières afin de les conserver en parfait état. Mais la capacité de production d'un homme couvre celle de la machine ou des machines dont il se sert. Il est donc encore plus essentiel, du seul point de vue pratique et en dehors de toute préoccupation humanitaire, de s'assurer que cet homme travaille dans des conditions satisfaisantes de confort, d'aise, de propreté, de sécurité, de manière à ce qu'il puisse, comme ses machines, fournir son maximum de rendement. Si la clarté, la gaieté, le confort l'attendent au lieu de l'obscurité, de la tristesse, de la saleté et du vacarme, c'est dans une toute autre disposition d'esprit qu'il abordera sa tâche quotidienne. N'est-ce pas pour cela que le directeur est assis dans un bon fauteuil, dans un bureau confortable où le mot « private » inscrit sur la porte le défend contre les importuns ; n'est-ce pas pour cela qu'il a un bon feu, un épais tapis qui assourdit les bruits, une sonnerie à portée de sa main pour lui éviter tout dérangement ?

Une maison avisée doit s'occuper de ses employés et de leur bien-être jusqu'au point où ils pourraient avoir l'impression qu'on empiète sur leur liberté personnelle.

Mentionnons tout d'abord et en premier lieu la nécessité d'une application rigoureuse du principe « Sécurité d'abord », puis le confort bien compris des ateliers, la réduction du bruit, l'éclairage, la propreté des locaux, l'aération, la bonne humeur des supérieurs, la réduction de la peine et de l'effort physique, des installations commodes où les ouvriers puissent serrer leurs effets personnels, enfin des vacances raisonnables.

En Amérique, l'attention prêtée au bien-être des ouvriers, dans un grand nombre d'usines, est réellement impressionnante. On remarque en premier lieu l'importance de la propagande en faveur du principe « Sécurité d'abord ». Les employeurs ont constaté qu'ils avaient intérêt à ne pas regarder à la dépense pour l'installation de tous les dispositifs possibles de sécurité sur leurs machines. C'est ainsi que pour le maniement de presses et des cisailles, l'opérateur doit se servir des deux mains pour actionner les disjoncteurs, de sorte qu'il est impossible que l'une de ses mains soit happée par la machine.

Les statistiques montrent que la seule adoption des dispositifs de sécurité a eu pour conséquences une diminution très nette de la moyenne des absences pour cause d'accidents de travail. Dans la construction des Pyramides, où l'on employait des milliers de travailleurs pour amener et mettre en place un bloc de pierre, peu importait au contre-maître qu'un homme manquât dans une équipe. Mais à notre époque où l'on n'hésite pas à payer à un ouvrier des salaires élevés en raison de sa puissance de production, son absence ou sa présence sont d'une grande importance pour son employeur.

On sait que lorsque les salaires augmentent dans une localité, les commerçants détaillants de l'endroit en profitent souvent pour élever aussitôt le prix des objets et denrées de première nécessité. Dans ces conditions, une augmentation de salaire n'atteint pas son but et les travailleurs se voient dépouillés des avantages que leur ont accordé leurs patrons. C'est ce qui se produisit à Detroit il y a quelques années au moment de la première sérieuse augmentation de salaire des ouvriers des établissements Ford. Mais la compagnie fut prompte à prendre des mesures afin d'empêcher l'avidité des boutiquiers de s'opposer à la réalisation du but poursuivi qui n'était autre que l'élévation du niveau d'existence des travailleurs. La compagnie installa immédiatement ses propres magasins dans l'enceinte de ses établissements, et acquit des stocks de produits alimentaires qu'elle revendit à son personnel au prix de gros et sans bénéfice. Cette facilité a toujours été continuée depuis et aujourd'hui les ouvriers des établissements Ford trouvent qu'ils ont le plus grand avantage à effectuer, dans les magasins de la compagnie, tous leurs achats de denrées nécessaires à leur subsistance et à celle de leur famille. Mentionnons en passant que les ouvriers peuvent faire un bon repas à midi pour 15 cents (1) et que les salaires les moins élevés sont de 29 shellings 2 pence par jour. Il est significatif que le chiffre d'affaires de ces magasins s'élève à 9.000.000 de dollars par an.

Comme exemple des efforts accomplis pour assurer aux ouvriers les avantages de la propreté pendant leur travail, citons le cas de la chambre de chauffe de la *River Rouge Plant*, de Detroit, où sur un plancher sans tache, méticuleusement poli, se meuvent les chauffeurs habillés de blanc, avec, aux pieds, des souliers de toile blanche. Dans cette usine, même les ouvriers des hauts fourneaux travaillent dans un milieu d'une propreté parfaite et à l'abri des poussières. Dans la fonderie même, le sol est parfaitement net : le sable nécessaire aux moulages arrive au-dessus des têtes par des glissières fermées ; aux endroits où il tombe, des grillages spéciaux sont ménagés dans le plancher.

Dans un grand nombre d'usines américaines, on ne laisse pas se répandre dans les ateliers les poussières qui se dégagent des broyeuses et des polisseuses; elles sont immédiatement recueillies sur les machines mê-

(1) On sait qu'un dollar = 100 cents.

mes par des aspirateurs *ad hoc*. On absorbe de la même manière les sciures de bois.

Ce souci constant du bien-être des employés finit par créer dans un établissement un certain esprit de corps, une sorte d'âme. C'est d'ailleurs un devoir pour les patrons et la dépense est peu de chose en comparaison de l'important résultat obtenu.

CHAPITRE X

IMPORTANCE DES RECHERCHES

PRINCIPE I. — Les recherches et les expériences sont d'une importance capitale pour le succès d'une entreprise.

Nous avons en Angleterre une tendance à considérer les recherches scientifiques comme le privilège plus ou moins exclusif de nos collèges techniques et des institutions scientifiques. Quant à l'homme de la rue, il n'est pas éloigné de croire que la recherche scientifique est un amusement de savants vivant dans les nuages et que ce n'est que tout-à-fait exceptionnellement qu'une découverte scientifique est susceptible de recevoir une application pratique. Ces savants, du moins ceux d'entre eux qui veulent bien consentir à causer avec de simples mortels, sont d'ailleurs souvent les premiers à nous dire que leurs travaux ne sont pas d'une application immédiate, mais que les générations futures pourront profiter de leurs découvertes. Au fond, les savants sentent le besoin de procéder à des recherches parce qu'ils se rendent compte du peu qu'ils savent et des progrès que des expériences peuvent leur permettre de réaliser. D'ailleurs la moindre réflexion nous montre combien sont faibles les connaissances que nous possédons sur des questions qui réclament cependant notre attention quotidienne. Par exemple, le propriétaire d'une mine travaillant à perte ou sans bénéfice — ce qui est souvent le cas actuellement — sait-il si ses méthodes d'extraction sont bonnes et si des études ne lui permettraient pas d'améliorer la situation ? S'il s'en doute, qu'il aille faire une visite à certain charbonnage écossais où il verra des hommes travaillant devant une couche de houille de 18 pouces (0 m. 45) d'épaisseur seulement et qui arrivent cependant à extraire 8 tonnes (8.120 kilogr.) par homme et par jour, alors que la moyenne d'extraction en Grande-Bretagne est aujourd'hui de 17 1/2 cwts (17 quintaux et demi, soit 888 kilogr.) (1) par homme et par jour.

L'entrepreneur qui construit un grand immeuble dans Regent Street et qui emploie une file de 10 hommes pour décharger sur le chantier un camion de briques, est-il certain que c'est là le meilleur moyen de transporter à 15 mètres de distance un chargement de briques ? Qu'il aille cependant surveiller la construction d'un nouvel immeuble de la Cité, où il pourra contempler le déchargement mécanique d'un camion de matériaux au moyen d'un appareil de transmission qui ne nécessite que la présence de deux hommes, un à chaque extrémité.

Eveillons-nous donc à la réalité et convenons que

(1) La tonne anglaise (poids) pèse 1015 kilogr. et se divise en 20 quintaux; le quintal anglais pèse donc 50 kilogr. 782.

nous nous dépensons en efforts inutiles. A qui appartient-il donc de procéder à des recherches scientifiques pour réaliser des améliorations et des progrès ? Répondons sans hésiter : à l'industrie plus qu'à toute autre branche de l'activité humaine, car elle contient déjà dans ses rangs un grand nombre d'hommes ayant une sérieuse culture scientifique.

On est aujourd'hui convaincu en Amérique que la voie du progrès et de la prospérité consiste surtout dans la réduction des prix de revient par économie de temps et de travail humains, l'application de procédés nouveaux et l'amélioration des moyens de transport. Il est évident que le progrès ne peut être réalisé que par des recherches. Ce point est d'une telle importance que les industriels américains consacrent maintenant beaucoup d'attention, de soins et d'argent à l'organisation de services spéciaux de recherches et d'expériences. Sir Charles Parsons, l'ingénieur bien connu, déclare que pour conserver une usine toujours munie des derniers perfectionnements, il ne faut pas hésiter à consacrer chaque année de 1 à 3 0/0 du capital aux expériences et aux recherches, sinon cette industrie risque de se laisser distancer. Les dirigeants de l'industrie américaine fouillent le monde pour s'assurer le concours des capacités les plus éminentes dans le domaine des recherches qui les intéressent. Le succès a couronné à un tel point les efforts des services de recherches des grandes maisons américaines que plusieurs ont acquis une célébrité mondiale. C'est ainsi que les laboratoires de la *General*

Electric Co, de Schenectady, ont découvert la lampe à filament de tungstène et le tube Coolidge à rayons X.

L'œuvre des ateliers de recherches et d'expériences de la *Ford Motor Co,* de Deaborn, Michigan, est véritablement stupéfiante.

Après de nombreuses et coûteuses expériences, ces laboratoires ont découvert qu'il était plus économique en tenant compte du coût et de la résistance, d'utiliser le lin plutôt que le coton dans la fabrication des bandages de pneus. La société cultive aujourd'hui son propre lin à Deaborn. La récolte est filée, tissée et convertie en bandages aux usines mêmes de Detroit. Il est intéressant de constater que le même service examine maintenant la possibilité pour la *Ford Motor Co* de cultiver et de fabriquer elle-même son propre caoutchouc, afin de se soustraire aux conséquences du monopole exercé par les producteurs britanniques. La société possède actuellement des plantations d'essai dans diverses parties des Etats-Unis et notamment une plantation de 8.000 acres en Floride. Le facteur principal intervenant dans le coût de la production du caoutchouc dans les régions de l'Est américain, consiste dans l'importance des salaires qu'il faut payer au très grand nombre de coolies engagés pour inciser les arbres. L'expérience a démontré que le latex ne doit pas être extrait avant que l'arbuste n'ait atteint l'âge de cinq à sept ans ; en l'incisant plus tôt on abîme l'arbre. Le latex existe d'ailleurs dans les arbustes plus jeunes, mais en quantité moindre. Comme on n'a encore trouvé aucun procédé mécanique susceptible de réduire le grand nombre d'hommes qu'il est nécessaire d'embaucher pour inciser les arbres, il faudra chercher un moyen de résoudre le problème, car aux Etats-Unis la main-d'œuvre est rare et les salaires sont élevés. Cependant la compagnie Ford a bon espoir de trouver la solution : on songe à effectuer chaque année une récolte d'arbustes jeunes et à extraire ensuite le latex mécaniquement en abandonnant le procédé des incisions. Le but des plantations actuellement faites est d'arriver à découvrir la variété de plante à caoutchouc susceptible de fournir le maximum de rendement dans une latitude aussi septentrionale que possible.

Les maisons industrielles américaines de moindre importance qui ne peuvent faire la dépense d'un service spécial de recherches, s'unissent souvent entre elles pour fonder un établissement du même genre dont elles retirent un avantage commun.

Il n'y a pas, dans la vie des ouvriers employés dans l'industrie, de détail, en apparence futile, qui n'ait son importance et ne mérite l'attention du service des recherches. C'est ainsi qu'on a constaté en Amérique qu'il faut éviter la couleur rouge dans les locaux où des femmes sont employées : elle affecte leurs nerfs. On a aussi étudié de près les effets des vibrations des machines et on a essayé d'en mesurer les effets.

CHAPITRE XI

MISE EN VENTE ET DISTRIBUTION

En Angleterre (comme en Amérique) les frais de mise en vente et de distribution à la population des articles d'une utilité générale représentent une partie importante du prix payé par le consommateur.

Le défaut de coordination des efforts est en grande partie responsable des frais inutiles et des pertes de temps occasionnés par la manipulation et le transport des marchandises. Il est certain qu'en Angleterre c'est surtout à la multiplicité des petits détaillants qu'il faut attribuer l'importance des frais de répartition. C'est ainsi que dans une localité donnée, neuf petits marchands vendent le charbon, alors que deux suffiraient amplement. On estime que la quantité moyenne de charbon commandée par ces marchands ne dépasse pas quatre tonnes par jour et l'on invoque comme raison le fait que les wagons des chemins de fer anglais n'ont qu'une faible capacité de 8 à 10 tonnes. Naturellement les frais de chargement et de déchargement de ces petits wagons sont relativement élevés. Il existe en Amérique des wagons de marchandises d'une capacité pouvant atteindre 100 tonnes. Les wagons de charbons viennent s'aligner au-dessus du carreau et le déchargement s'opère à l'instant en poussant un simple verrou, qui fait basculer le fond du wagon : les cent tonnes tombent d'un seul coup entre les rails et les traverses sur le carreau. Une autorité éminente en matière de chemins de fer prétend que l'on pourrait sans inconvénients et sans même rien changer au matériel, porter à 30 tonnes la charge maximum des wagons anglais. Tout accroissement de la capacité des wagons se traduira par une diminution des frais de manipulation, de chargement et de déchargement des marchandises.

Il suffit de considérer l'énorme variété des dimensions et formes des contenants dans lesquels les différents articles sont placés pour se rendre compte de la complexité du problème de la distribution.

C'est déjà par centaines qu'il faut compter les différents types de véhicules utilisés pour les transports sur routes. L'on sait que la vitesse du trafic dans un dictrict urbain congestionné est toujours déterminée par celle du véhicule le plus lent. Dans la Cité de Londres, ce sont les voitures à chevaux qui ralentissent le trafic. Pour ces courts trajets dans des districts congestionnés, elles sont encore les plus économiques parce que la vitesse est trop réduite pour justifier un usage efficace des moteurs. Par conséquent, tant que la traction animale ne sera pas éliminée, les transports resteront lents et coûteux. Le défaut de coordination dans la répartition des marchandises est une des raisons principales de la congestion du trafic. Il y aurait beaucoup à faire en Angleterre dans le sens d'une simplification et de la standardisation du matériel de distribution tels que wagons, camions, caisses, etc...

Dans son rapport, le Comité Linlithgow a fait remarquer l'étendue du gaspillage qui se produit de cette manière. La mauvaise distribution des produits locaux nuit forcément à la distribution générale.

L'anomalie qui résulte d'un trop grand nombre de détaillants pour alimenter une certaine région pourrait théoriquement être corrigée par l'initiative d'un ou deux nouveaux venus qui tenteraient de réduire leurs prix pour accroître leur chiffre d'affaires. Leurs concurrents qui maintiendraient les prix perdraient progressivement leur clientèle qui finirait par aller tout entière aux deux premiers. Dans la pratique cependant les choses se passeraient différemment car les autres détaillants ne manqueraient pas de s'unir pour lutter peut-être victorieusement contre les nouveaux venus et l'on sait que dans le commerce de détail les débutants ne disposent généralement que de faibles ressources financières. On assisterait donc probablement à l'écrasement du principe de la libre concurrence par la coalition de ceux qui sont décidés à maintenir les prix. Appartient-il au législateur de trouver le remède qui protège le consommateur ?

Tout le système de la mise en vente et de la distribution des marchandises en Angleterre est des plus complexes et lié à une foule d'intérêts divers. Aussi une étude approfondie de la question doit-elle précéder toute tentative de réduction du gaspillage.

Mais il y a tant à faire dans cet ordre d'idées que les industries et les intérêts que cette question touche directement ne devraient pas hésiter à provoquer la formation d'une commission chargée d'étudier la question.

CHAPITRE XII

DU FINANCEMENT DES AFFAIRES INDUSTRIELLES

La crise sans précédent dont souffrent depuis quelques années les industries britanniques a obligé beaucoup de maisons à changer de politique et à modifier leur ligne de conduite traditionnelle. On sait que grâce aux facilités que permet le système bancaire britannique une maison d'une réputation suffisante peut obtenir un certain découvert. En Angleterre, bien des maisons ne se procurent pas autrement les fonds de roulement nécessaires à l'exécution des commandes en cours, les découverts de banque ayant un caractère essentiellement temporaire. Mais survienne une période de diminution des commandes, voici que la tentation est grande de conserver ou même d'accroître le découvert afin de faire face aux dépenses courantes. Le découvert conserve naturellement son caractère exceptionnel et temporaire en raison de l'optimisme de la maison et de sa croyance à un relèvement de la situation. Si la crise se prolonge, la maison se trouve amenée par la force des choses à éviter de ramener l'amortissement de son usine à son taux réel car cette mesure aurait pour effet de révéler une réduction de l'actif qui diminuerait la garantie de l'émission d'obligations à laquelle il faudra probablement avoir recours. Les fonds liquides diminuant encore, la maison sera en outre fortement tentée de réduire les crédits normalement consacrés à l'amélioration des machines et de l'outillage ou à l'achat d'installations plus modernes. Si la maison cède à cette tentation, la situation ne fera désormais qu'empirer parce que la puissance de production et par conséquent de gain de l'outillage se trouve d'ores et déjà en décroissance. Lorsque le découvert atteint un chiffre suffisamment élevé, la banque entre en scène et exerce une pression sur la compagnie insistant pour le remboursement du découvert par une émission d'obligations ou toute autre forme d'emprunt. Si la compagnie trouve cette solution impraticable, il ne reste plus à la banque qu'à faire nommer un liquidateur, qui n'est autre le plus souvent que le propre directeur des établissements en question) dans l'espoir qu'il arrivera à rallier la compagnie à la nécessité d'un emprunt.

On ne saurait trop regretter le fait que beaucoup d'émissions d'obligations lancées récemment en Angleterre pendant la période de dépression industrielle sont garanties par un actif se présentant sous forme de machines et installations estimées à un chiffre qui correspond à leur puissance de production et de gain *en temps normal* mais qui est souvent loin de correspondre à leur valeur réelle au moment de l'émission de l'emprunt. Si l'émission n'a d'autre but que le remboursement des découverts de banque et qu'aucun avantage ne soit réalisé sous forme d'une réduction d'intérêts, les perspectives d'avenir ne se trouvent pas *ipso facto,* plus brillantes pour la compagnie. L'opération se réduit à un changement de créancier.

A moins d'un changement de politique de la part de la direction, le prix de revient des produits de la compagnie tendra à s'accroître, comparé à celui de la concurrence, en raison de l'emploi d'un matériel ancien. Et cet accroissement du prix de revient conduira forcément à une augmentation correspondante des prix de vente ce qui entraînera fatalement une diminution des affaires.

Pour essayer de trouver les ressources suffisantes destinées à faire face à toutes ses charges, la compagnie pourra être tentée de se joindre à un groupement d'autres industriels se trouvant peut-être dans le même cas, dans le but de maintenir ou même d'élever les prix de vente à un niveau suffisamment rémunérateur. Ce prix de vente étant fixé par le groupement, l'encouragement à réduire le prix de revient se trouve moins prononcé qu'il ne le serait dans le cas d'une libre concurrence, ce qui conduit encore à une réduction de la productivité normale parmi les membres du groupement et indirectement à une tendance à la hausse des prix qui éloignera les consommateurs.

Il est regrettable que les directeurs des industries anglaises soient trop souvent trompés par l'importance relative des salaires qui sont l'un des éléments principaux du prix de la production et qu'ils en concluent trop vite que le seul moyen d'abaisser le prix de revient consiste à réduire les salaires et à augmenter les heures de travail. Si les salaires sont réduits et les heures de travail augmentées, on encourage par là même les ouvriers à réduire leur rendement. Si les employeurs veulent diminuer les salaires, ils doivent s'attendre à voir leurs hommes réduire leur rendement puisque, comme nous l'avons montré dans le chapitre VI, le rendement est toujours plus ou moins proportionnel au salaire. Mais lorsque le rendement individuel baisse, les frais généraux augmentent et il n'est plus du tout certain que finalement le prix de revient se trouvera suffisamment diminué. La conclusion, c'est que toute politique tendant à réduire les salaires est rétrograde et inopérante, d'autant plus qu'on ne saurait la poursuivre indéfiniment.

On pourra répondre que la réduction des salaires peut s'imposer comme mesure temporaire et qu'avec le relèvement des affaires l'ancien taux des salaires sera rétabli. Mais cet argument présuppose que, à moins de changement radical dans les méthodes de fabrication, le client consentira à payer toujours les anciens prix forts, ce qui n'est pas certain. Si on essaie de réduire les salaires dans le but de faire des bénéfices impossibles à réaliser autrefois, il sera clair que les patrons cherchent à s'assurer ces bénéfices au dépens du niveau d'existence de leur personnel. Il convient de déconseiller énergiquement cette méthode qui est d'ailleurs vouée d'avance à un échec pour les raisons économiques que nous avons déjà exposées.

Au fond, c'est l'incapacité de direction qui est seule directement responsable de l'impasse devant laquelle une affaire peut se trouver conduite.

Une direction capable résisterait à la tentation d'accroître les découverts bancaires par suite d'un ralentissement des affaires. Dans une période critique, le premier devoir de la direction doit être de concentrer tous ses efforts sur la réduction des prix de revient.

Aux Etats-Unis s'affirme aujourd'hui une tendance de plus en plus nette à ne pas faire appel aux banques pour avancer les fonds de roulement servant à financer l'exécution des ordres en cours. Les entreprises américaines attachent maintenant une importance suprême à la création, par voie de prélèvement sur les bénéfices, d'un fonds de réserve spécial leur permettant d'éviter, le cas échéant, les inconvénients de l'emprunt à court terme. Grâce à cette réserve, ils peuvent toujours, le moment venu, passer aux profits et pertes tout déficit d'exploitation. Aujourd'hui l'industrie américaine cherche à éliminer complètement tout appui financier externe et elle tend à n'utiliser les banques que comme établissements de compensation chargés de payer et d'encaisser. Cette tendance tout en étant salutaire pour les affaires, a également l'avantage de dégager les banques des risques qu'elles courent en soutenant par des avances à long ou à court terme des maisons dont la situation est embarrassée.

Les Bulletins du *Federal Reserve Board* (1) des Etats-Unis montrent l'importance des crédits consentis en 1925 par les banques qui en font partie. Depuis le commencement de l'année, le montant de ces crédits s'est accru de 1.300.000.000 de dollars, portant le total à 30 milliards de dollars. Les principaux établissements bancaires faisant partie de l'organisation font régulièrement un rapport hebdomadaire au *Federal Reserve Board*. Jusqu'au 11 novembre 1925 les rapports de ces banques accusent un accroissement des avances s'élevant à 1.151.000.000 de dollars. Mais la majeure partie de cette somme représente des avances sur titres et l'accroissement ayant trait aux avances commerciales proprement dites n'est que de 228.000.000 de dollars. Pendant les trois dernières années (exactement 3 ans 1/2) le montant des prêts, escomptes et placements des banques membres du Board s'est élevé à 4.800.000.000 de dollars, mais les avances purement commerciales ne comptent dans ce chiffre que pour 750.000.000 de dollars. Etant donné que le nombre des entreprises américaines a considérablement augmenté, il reste donc vrai que la tendance du commerce des Etats-Unis est de faire de moins en moins appel aux banques pour leur demander un appui financier.

(1) Le *Federal Reserve Board* est une sorte de superbanque ne travaillant qu'avec des banques adhérentes. Cet établissement n'ouvre pas de comptes aux particuliers.

CHAPITRE XIII

CONSOMMATION ET POINT DE SATURATION

Lorsqu'un article manufacturé a obtenu un grand succès, c'est-à-dire lorsque le volume des ventes dépasse les prévisions basées sur les anciens chiffres de ventes d'articles similaires ou les évaluations d'écoulement, il se trouve toujours des gens pour affirmer que l'on est près d'atteindre le point de saturation.

Sauf pour certains articles qui, par leur nature, ne donnent lieu qu'à une demande limitée et dénuée d'élasticité, il n'y a pas d'exemple dans l'histoire économique d'articles ayant atteint ce qu'on est convenu d'appeler le point de saturation. Par « point de saturation » on entend qu'il n'y a plus à l'avenir de probabilité de vente pour cet article, même si sa qualité est améliorée ou son prix réduit. Plus la demande est élastique, plus la possibilité d'une saturation reste éloignée.

L'accroissement de la production américaine tient certainement du prodige, surtout si l'on considère qu'elle reste en grande partie absorbée par le marché intérieur. Mais il ne s'ensuit pas nécessairement, comme certains paraissent le croire, que le point de saturation de ces articles soit près d'être atteint. N'oublions pas que le niveau d'existence de la population s'élève continuellement par suite de la hausse constante des salaires. Il faut, en outre, tenir compte de l'accroissement régulier et important de la population qui constitue l'un des grands facteurs de prospérité du pays. Les évaluations officielles estiment à 2 0/0 par an, le taux d'accroissement de la population des Etats-Unis. On imagine aisément l'importance du pouvoir de consommation et d'achat des deux millions d'unités nouvelles qui viennent s'ajouter chaque année aux 110 millions de citoyens américains.

Il faut mentionner aussi un autre facteur qui n'est pas sans importance : c'est le pourcentage élevé de production, qui n'a d'autre but que de pourvoir au remplacement des articles de toute sorte qui se trouvent vieillis ou démodés. C'est ainsi que dans l'industrie automobile on estime qu'environ un cinquième de la production annuelle est uniquement destiné à remplacer les voitures usées ou vieillies.

Le spectacle de l'encombrement de la circulation dans les grandes villes américaines paraît au premier abord convaincre le visiteur que le point de saturation, en ce qui concerne les automobiles, n'est peut-être pas éloigné. S'il est manifeste que l'espace disponible dans les rues des villes est plus ou moins limité, il ne s'ensuit pas que le nombre des automobiles utilisées dans les campagnes ne puisse s'accroître. Partout on construit des routes plus larges et mieux aménagées pour répondre aux nécessités d'une circulation toujours plus intense. C'est cette intensité croissante du trafic qui oblige les autorités à ouvrir sans cesse de nouvelles routes. Les statistiques officielles du Service des Voies publiques montrent que depuis 1921, 100.000 milles de chaussées nouvelles ont été ouvertes à la circulation. Dans la seule année 1925, il a été aménagé plus de 30.000 milles de routes. Et comme la superficie des routes est quantité négligeable en comparaison de la superficie totale du pays, il est clair qu'il sera encore possible pendant longtemps de les multiplier et de les élargir. Notons en passant qu'en Amérique les frais d'établissement et d'entretien des routes ne sont pas à la charge du public : ce sont les automobilistes qui les paient. Quant à la taxe sur les voitures automobiles, il est significatif de constater que l'automobiliste américain ne paie que le cinquième de l'impôt annuel payé par l'usager anglais. Par exemple, dans l'Etat de Massachussets, le propriétaire d'une 50 CV. paie 25 dollars par an.

En Angleterre le besoin de routes plus larges et meilleures est généralement reconnu et il conviendrait de hâter les progrès en ce sens en raison des grands avantages que présente la réduction des frais de transport pour la distribution des marchandises et l'intercommunication des populations. La lourde taxe qui frappe actuellement les automobiles constitue un sérieux obstacle au progrès pour bien des raisons. La capitalisation de l'impôt annuel équivaut à une augmentation considérable de son prix d'achat. C'est pourquoi toute réduction de la taxe équivaudra à une réduction du prix réel des automobiles et aurait pour conséquence de stimuler les ventes pour le plus grand bénéfice de la communauté et de l'industrie automobile. En apportant un remède partiel à la crise du chômage cette mesure serait un pas dans la voie du retour à la prospérité. Il y aurait lieu de réduire la taxe à un chiffre qui permettrait d'en consacrer le rendement à l'entretien et à la construction des routes.

N'est-il pas surprenant de constater qu'en dépit du fait que la *Ford Motor Co* produit maintenant deux millions d'automobiles par an, elle a peine à satisfaire la demande aux Etats-Unis seulement. Deux des agents les plus importants de la Ford affirment que le vaste marché constitué par les populations agricoles du Middle West est à peine entamé, bien que leurs ventes y atteignent déjà le chiffre de 10.000 voitures par an.

En ce qui concerne l'ampleur du vaste marché intérieur et extérieur de l'industrie automobile britannique, il est facile de concevoir tous les progrès qui pourraient être réalisés par une continuelle réduction des prix.

En comparant le marché intérieur des Etats-Unis avec celui de la Grande-Bretagne, il ne faut pas perdre de vue que la population des Etats-Unis se trouve dispersée sur une vaste superficie ce qui entraîne des frais de transport importants tandis que le marché intérieur anglais est constitué par une superficie très restreinte mais très habitée. C'est pourquoi en Angleterre l'élément du prix de vente qui représente les frais de distribution du produit, serait beaucoup moins élevé qu'aux Etats-Unis.

Un débouché ne reste ouvert à un article que tant que cet article est utile. Aussi, les industriels qui fabriquent cet article doivent-ils prêter la plus grande attention aux variations de la mode et aux besoins nouveaux, de façon à y conformer immédiatement leur fabrication.

CHAPITRE XIV

LES MARCHÉS ET LA PRODUCTION

L'étendue d'un marché dépend en dernier ressort de la capacité de production de l'acheteur, qu'il s'agisse d'un colon de la Nouvelle-Zélande ou d'un ouvrier de Sheffield. Le gouvernement de la Nouvelle-Zélande achète en Angleterre des machines et des appareils électriques. Pour payer ces articles, il doit compter soit sur le prix de vente de l'énergie électrique au particulier Néo-Zélandais, soit sur des impôts qu'il exigera de lui. Ce particulier doit donc pouvoir disposer d'un surplus de ressources pour payer cet achat ou cet impôt, et il ne le pourra qu'autant que sa capacité de production le lui permettra. C'est pour cela que l'importance du marché Néo-Zélandais pour l'industriel britannique dépend uniquement du rendement général de la population Néo-Zélandaise. Peu importe qu'il s'agisse d'énergie électrique fournie par son gouvernement ou de matériel agricole pour sa ferme. Son pouvoir d'achat dépendra toujours de son pouvoir de produire de la richesse. Il en est de même du marché intérieur anglais dans le cas de l'ouvrier de Sheffield : il dépend de sa capacité de production.

Comme nous l'avons vu dans le Chapitre V, la capacité individuelle de production peut être accrue, ce qui entraîne indirectement l'extension du marché. Lorsque le travail est intense et la production élevée, les salaires sont aussi élevés et ce sont ces derniers qui font l'importance d'un marché, qu'il s'agisse de l'écoulement des articles de confort et de luxe ou de la vente de l'outillage nécessaire à l'amélioration des services de la communauté. Il n'y a donc aucune limite à l'extension d'un marché intérieur, puisqu'il dépend du coefficient personnel de productivité des particuliers. Et ce dernier détermine à son tour le coefficient du niveau général d'existence.

Prenons comme exemple le cas simple d'une communauté A se composant de trois hommes seulement. L'un, grâce à ses efforts, fait trois miches de pain par jour. Le second fait trois paires de souliers par an et le troisième fait trois costumes par an. La communauté, désirant élever son niveau d'existence propose d'y parvenir en augmentant la production individuelle de chacun par des méthodes perfectionnées. Le boulanger peut fabriquer maintenant les trois pains quotidiens en travaillant trois fois moins qu'auparavant de sorte qu'il peut consacrer les deux tiers disponibles de son temps à faire, disons des automobiles, à raison de trois par an.

Les deux autres membres de la communauté, grâce à leur productivité accrue arrivent maintenant à produire neuf paires de souliers et neuf costumes. En d'autres termes, ils ont tous triplé leur rendement. La communauté procède aux mêmes échanges qu'auparavant. Le boulanger continue à recevoir chaque année un costume et une paire de souliers en échange de deux pains par jour, mais il lui est maintenant possible d'échanger également chaque année une automobile pour deux paires de souliers supplémentaires et une autre automobile pour deux nouveaux costumes. Le tailleur et le cordonnier échangent leurs produits de la même façon. Chacun d'eux dispose donc maintenant d'un pain par jour et chaque année d'une auto, de trois paires de chaussures et de trois costumes. Ils ont donc élevé leur niveau d'existence.

Supposons maintenant que les ressources naturelles de cette communauté ne puissent pas produire les matières premières en plus grande abondance qu'auparavant, mais qu'il soit possible de s'en procurer dans une communauté voisine B. Il sera donc impossible à nos trois amis d'élever le niveau de leur existence à moins qu'ils n'accroissent leur productivité au point que le prix de revient des costumes, souliers, etc., évalué en matières premières, soit assez bas pour leur permettre de vendre ces produits à la communauté B en concurrence avec les produits similaires manufacturés par cette dernière. Par conséquent, rien ne peut s'opposer à une élévation de leur niveau d'existence aussi longtemps qu'ils continueront à accroître leur productivité. Ils continueront à exporter leurs produits manufacturés en échange de matières premières et pourvu que leur prix de revient soit suffisamment bas, ils pourraient réaliser sur la commu-

nauté B un bénéfice sous forme de superflu. Le marché intérieur pourra naturellement continuer à s'étendre. Si une partie du bénéfice était perçue sous forme de produits alimentaires, la communauté A se trouverait en mesure de pouvoir nourrir de nouveaux membres.

Supposons qu'il en soit ainsi et que la population ainsi accrue de A entreprenne la fabrication d'une grande quantité d'articles. La communauté B éprouvera naturellement le désir d'imiter les méthodes industrielles de A pour essayer de remplacer les marchandises qu'elle importe par d'autres articles fabriqués chez elle. Dans ce but, la communauté B commencera par importer des machines-outils et autres appareils de la communauté A, où elle enverra aussi des ingénieurs pour étudier ses méthodes industrielles. A doit en réalité l'avantage qu'elle a sur B dans la production des articles à bon compte au fait qu'elle est assez ingénieuse pour imaginer des appareils qui réduisent le prix de la production. C'est en cela que consiste sa supériorité plutôt que dans le fait qu'elle possède certaines machines-outils et certaines méthodes industrielles. Il s'ensuit que si A continue à se montrer plus ingénieuse que B, cette dernière, même en imitant A, ne pourra pas lui faire concurrence à armes égales. D'un autre côté B retardera toujours sur A dans l'adoption des perfectionnements et des nouvelles méthodes à cause de son ingéniosité inférieure. A, par conséquent, continuera toujours à prospérer tant qu'elle adoptera les perfectionnements que lui suggère sa supériorité. Mais si, pour une raison quelconque, A en venait à ne plus pouvoir appliquer ses inventions, il arrivera un moment où B, rattrapant son retard, deviendra industriellement l'égale de A. Cette situation causera un fléchissement des ordres d'exportation reçus par A, ce qui à son tour provoquera le chômage.

Etant donné que la nourriture de la population accrue de A doit continuer à être importée, le fléchissement de ses exportations est extrêmement sérieux. De plus, les producteurs de A doivent nourrir leurs frères sans travail, ce qui amène un abaissement du niveau général de l'existence de A. Etant donné que A, nous l'avons admis, est avant tout un pays industriel, il n'y a pour elle qu'un seul moyen de retrouver sa prospérité perdue. Elle doit adopter des méthodes perfectionnées lui permettant de fabriquer à assez bas prix pour vendre chez B. Il peut arriver qu'à la suite d'un désastre national, guerre ou tremblement de terre, B dispose de moins d'argent pour payer ses achats au dehors. Ces circonstances particulières pourront rendre plus difficiles les exportations de A chez B, mais il n'en restera pas moins vrai que le seul espoir de rétablissement de A résidera dans son pouvoir de vendre à bas prix à B les marchandises que cette dernière pourra payer.

La Grande-Bretagne se trouve aujourd'hui dans une situation identique à celle de la communauté A. Elle a cependant encore ses marchés coloniaux et étrangers. Peu importe si le pays étranger est pauvre : il y aura toujours un prix où il pourra acquérir des marchandises anglaises pourvu qu'elles lui soient nécessaires. Un pays a toujours besoin d'articles manufacturés, et si sa demande fléchit, c'est simplement en raison du prix trop élevé, sauf en cas d'obstruction d'origine politique venant fausser le commerce et les lois économiques. C'est par suite d'une obstruction de ce genre que le marché russe se trouve aujourd'hui fermé pour la Grande-Bretagne,

La Russie a le plus grand besoin d'objets manufacturés lui permettant de produire des richesses et tant que ces richesses ne seront pas créées, elle n'aura pas les moyens de payer le matériel commandé. Aussi l'acheteur russe demande-t-il un crédit de trois ans pour lui permettre de régler ses achats. C'est le rôle des banques de faciliter des crédits de cette nature afin de mettre en mouvement la roue du commerce ; mais étant données les relations existant actuellement entre la Russie et la Grande-Bretagne, on ne voit guère quelle banque voudrait prendre un tel risque.

Il y a un siècle environ, la Grande-Bretagne vit le début de la révolution industrielle qui suivit l'invention de la machine à vapeur. L'industrie ne se développa que lentement pendant la première partie du XIXe siècle pour apporter ensuite, de 1850 à 1900, une grande prospérité au pays par suite des progrès réalisés par l'adoption de nouvelles machines et de nouveaux procédés. L'Angleterre s'assura une avance considérable sur toutes les nations et devint la grande fabrique du monde. De 1850 à 1900, les salaires ne cessèrent d'augmenter tandis que les prix de tous les produits diminuaient légèrement. Ce résultat fut obtenu par l'adoption de machines nouvelles permettant d'économiser le temps et le travail humains tandis que la capacité individuelle de production des travailleurs était accrue. De 1850 à 1900 la population de la Grande-Bretagne passa de vingt millions à trente cinq millions, ce qui constitue une preuve frappante de sa prospérité. Vers la fin du dix-neuvième siècle, le Trade-Unionisme commença à manifester sa vigueur. A mesure qu'il grandit, les différends entre patrons et ouvriers devinrent plus aigus et des grèves, des lock-outs et autres obstacles à la production devinrent plus fréquents et plus sérieux. En même temps, l'opposition des travailleurs à l'introduction d'installations permettant d'épargner le temps et le travail humains devint plus intense de sorte que les inventions et les perfectionnements tardèrent à être appliqués. D'autres pays qui nous faisaient déjà une concurrence industrielle et qui ne se trouvaient pas en butte aux mêmes difficultés avec leurs ouvriers, purent ainsi appliquer les inventions anglaises aussi rapidement, plus rapidement même souvent que les patrons anglais. L'avantage que possédait l'Angleterre du fait de son ingéniosité supérieure se trouva perdu puisque son retard permit à ses rivaux de fabriquer aussi bon marché et même meilleur marché qu'elle. Dès lors, la Grande-Bretagne commença à se trouver dans une situation moins favorable dans le monde industriel simplement par suite des difficultés croissantes s'élevant entre patrons et ouvriers.

Les chiffres officiels du commerce britannique pour 1925 donnent à penser que le progrès de l'industrie anglaise subit un temps d'arrêt tandis que l'Amérique poursuit sa marche en avant dans la voie du progrès industriel, progrès accompagné de cette même prospérité nationale qui avait commencé en Angleterre avec la révolution industrielle.

Grâce à l'ancienne suprématie qu'elle s'était depuis longtemps assurée sur les marchés étrangers par sa supériorité industrielle et colonisatrice, elle possède toujours une connaissance incomparable dans l'art de vendre ses produits.

Sauf en ce qui concerne son industrie automobile, l'Amérique ne saurait prétendre à une aussi parfaite connaissance des besoins des marchés étrangers. A prix égaux, à qualités égales, l'Amérique a encore beaucoup à faire avant de pouvoir rivaliser avec la Grande-Bretagne dans la conquête des marchés. D'ailleurs, pendant de nombreuses années encore, l'attention des Américains restera concentrée sur leur marché intérieur et pendant cette période, il ne sera pas essentiel pour eux de s'assurer la suprématie des marchés étrangers. D'un autre côté, il convient d'insister tout particulièrement sur le fait que les prix de la production tendent aux Etats-Unis à s'abaisser de plus en plus. A moins que d'autres nations n'arrivent à égaler leurs prix et leurs qualités le temps n'est pas éloigné où les acheteurs étrangers trouveront avantageux d'établir en Amérique même leurs agences d'achat. L'industriel américain sait que ses produits tendront de plus en plus à trouver preneur à l'étranger en raison de leur bas prix et de leur bonne qualité de sorte qu'il n'a pas à déployer d'efforts pour conquérir des marchés qui viendront s'offrir d'eux-mêmes. C'est ce qui se passa autrefois en Angleterre. Le charbon de la Galles du Sud, par exemple, en raison de son bon marché et de sa qualité, avait attiré les acheteurs étrangers qui s'établirent à Cardiff. C'est là l'espèce de danger auquel doivent songer les industriels anglais.

Le fait que les Américains manquent d'expérience pour vendre leurs marchandises à l'étranger a pu diminuer et même dissiper les appréhensions de l'industriel britannique qui ne voit pas en lui un rival sérieux. Cette infériorité étant amplement compensée par l'indéniable habileté des Américains à produire à bas prix, elle n'empêchera pas l'achat de leurs marchandises à l'étranger.

CHAPITRE XV

CONCLUSION

Un million et quart de la population de la Grande-Bretagne se trouve aujourd'hui voué au chômage. Tel est le résultat d'un fléchissement dans la demande de nos produits. Nos principales industries sont les plus atteintes et les plus affectées par le manque de travail.

L'existence même de l'Angleterre dépend de ces industries et bien qu'au premier abord cela paraisse étonnant, un peu de réflexion suffit à démontrer que tel est bien le cas et que nous dépendons véritablement d'elles plus que toute autre chose. Toutes les personnes engagées dans les transactions commerciales : négociants, courtiers, agents commerciaux, compagnies d'assurances et de navigation dépendent étroitement de ces industries. La plupart des gains professionnels les plus divers tirent d'elles leur origine. En ce qui concerne ceux qui tirent tous leurs revenus de dividendes attendus, faisons remarquer qu'une grande partie des capitaux de ce pays ont été placés dans ces industries. Or, au cours des dernières années beaucoup de ces dividendes se sont trouvés considérablement réduits ou même, dans certains cas, ont complètement disparu. Il est clair que la plus grande partie de la population britannique est vouée à subir les alternatives de prospérité ou de marasme de nos industries. C'est pourquoi les conséquences de la crise actuelle sont ressenties dans la plupart des sphères de la vie nationale.

Parmi les principales causes de ce marasme prolongé on cite les prix élevés de nos produits, la diminution de la demande extérieure, la concurrence déloyale des pays ayant une monnaie dépréciée, le fardeau d'impôts excessifs, enfin la fermeture du marché russe. Et tout état de crise traîne à sa suite une horde d'inconvénients supplémentaires, tels que les dépenses occasionnées par le chômage, les surcharges d'impôts, l'accroissement des dépenses engagées par le Gouvernement dans son effort pour remédier à la situation. Tous ces facteurs contribuent naturellement à aggraver la situation.

Examinons quelques-unes de ces causes.

Il y a, avons-nous dit, une prétendue « concurrence déloyale » qui nous serait faite par les pays à change déprécié. Ces pays, si leur monnaie se déprécie suffisamment vite, peuvent en effet vendre leurs produits bien meilleur marché. Ils peuvent rafler toutes les commandes, et faire travailler à plein leurs usines. La seule condition est que leur change soit assez bas. Ils n'ont à craindre aucune concurrence.

Mais les exportations faites dans ces conditions équivalent plus ou moins à un véritable cadeau offert à ses clients par le pays qui a déprécié son change, et cette illusion doit tôt ou tard prendre fin. La concurrence faite dans ces conditions durera plus ou moins selon le plus ou moins de rapidité de la dépréciation monétaire de ce pays. Pour le moment, nos exportateurs se plaignent de la concurrence que nous fait ainsi la France sur les marchés étrangers. Comme nous ne saurions tirer le plus petit avantage de la discussion de cette question, attendu qu'il paraît impossible d'apporter le moindre remède à ce mal, le mieux est de s'abstenir d'en parler, car c'est une perte de temps que de se plaindre de ce qu'on ne peut éviter.

On admet généralement que des impôts excessifs constituent un sérieux obstacle au relèvement d'une situation commerciale embarrassée, car beaucoup moins de capitaux se trouvent ainsi disponibles pour les besoins de l'industrie. Le public n'est pas encouragé à épargner et l'on est enclin à gaspiller beaucoup d'argent en dépenses superflues. En outre, beaucoup d'impôts locaux ou nationaux contribuent à accroître les frais généraux de toutes les entreprises industrielles et commerciales, ce qui entraîne une hausse des prix. Or, nous l'avons dit, toute hausse de prix est de nature à accentuer encore la gravité de la crise. On ne peut échapper à ce cercle vicieux que par un relèvement des affaires ou par une réduction des dépenses locales et nationales, en un mot par des économies. Le Gouvernement ne pouvant rien faire de positif pour provoquer une reprise n'a qu'un parti à prendre : opérer des coupes sombres dans le budget; décréter des mesures draconiennes d'économie.

Dans le monde entier, avons-nous dit, on demande moins nos produits. Dans un des chapitres qui précèdent, nous avons essayé de montrer que si un article est utile il subsiste toujours une demande latente. Mais si le prix est trop élevé pour la bourse de l'acheteur, l'ordre ne sera pas passé. Ce n'est qu'en réduisant le prix suffisamment qu'on peut stimuler la demande et s'assurer des commandes. Il est vrai qu'à cause de la guerre, le pouvoir d'achat de nos colonies et des différents pays étrangers s'est trouvé grandement diminué. Le client étranger dispose de moins d'argent pour acheter l'article qu'il désire ; si notre prix reste trop élevé la somme dont il dispose et qu'il est prêt à dépenser se trouve perdue pour nous ; et s'il s'adresse à un concurrent étranger, c'est sa clientèle qui est perdue pour très longtemps peut-être.

Etant donné que la majorité de nos produits mécaniques sont de nature à accroître directement ou indirectement la capacité de production du consommateur, une réduction de nos prix accroîtrait certainement nos ventes, tout en augmentant le pouvoir d'achat de notre client.

En ce qui concerne la Russie, elle ne peut en ce moment acheter nos produits pour l'excellente raison qu'elle n'a pas d'argent disponible pour les payer. Les marchandises que la Russie désire acheter et que nous pourrions lui fournir sont en grande partie des articles susceptibles de lui assurer des revenus. Mais, nous l'avons dit, les relations politiques des deux pays rendent, pour le moment, impossible l'octrôle de crédits s'échelonnant sur une période de trois ans. La solution de cette difficulté reste en dehors de la sphère commerciale et dépend des possibilités d'un arrangement entre les deux gouvernements.

Mais revenons à la question importante des hauts prix de nos produits. On a cité bien des exemples de cas où des commandes ont été perdues simplement à cause de l'élévation de nos prix. Certes, le Gouvernement pourrait remédier — temporairement — à la situation en accordant des primes à l'exportation qui permettraient de soutenir la lutte sur les marchés étrangers. Mais cela signifie, on le devine, une importante charge nouvelle pour le contribuable. La vérité est que le remède permanent, opérant et définitif, ne peut être trouvé que par l'industriel lui-même, parce que la réduction constante et méthodique des prix qui, seule, peut être efficace, est avant tout, et au premier chef, une question de direction commerciale.

Autant que l'expérience peut nous éclairer, il semble bien que l'alternative quelquefois envisagée d'une entreprise fonctionnant sous le contrôle de l'Etat n'apporterait pas la solution désirée.

Les industriels se plaignent que l'attitude des Trade-Unions constitue une difficulté presque insurmontable à tout progrès en raison de leur politique de limitation du rendement. D'un autre côté, les Trade-Unions accusent les patrons de se conduire déloyalement envers les travailleurs en essayant de diminuer leurs salaires et d'augmenter leurs heures de travail. Les Trade-Unions professent aussi l'opinion que le capital a échoué. Prétendre à un échec est absolument injustifiable et injustifié, attendu que, nous l'avons vu, il a réalisé en Amérique un magnifique succès. Tandis que les Trade-Unions luttent pour des salaires meilleurs et l'amélioration des conditions d'existence de leurs membres, les patrons luttent pour leurs bénéfices. La fréquence des conflits donnerait, à première vue, à penser que si l'une des parties réussit, l'autre doit forcément échouer. L'exemple de l'Amérique nous montre qu'il est possible aux patrons comme aux ouvriers d'obtenir ce qu'ils désirent. Si tous deux voulaient bien se pénétrer de cette idée et cesser de se regarder réciproquement comme des obstacles à la réalisation de leurs vœux, un grand pas serait accompli vers le relèvement de notre industrie. Les uns ne peuvent réussir sans l'aide des autres. Si les patrons se décidaient à aider les ouvriers à atteindre leur but et si les ouvriers, de leur côté, aidaient loyalement leurs patrons à faire des bénéfices, tous deux verraient s'accroître aussitôt et la production et les salaires. Mais ce nouvel esprit ne peut régner que si chaque partie réussit à convaincre l'autre de la sincérité de son désir de coopérer loyalement pour leur avantage réciproque. C'est du côté du patronat qui dirige les entreprises, que devrait partir l'initiative d'un rapprochement sur ces bases.

Le développement du nouvel esprit en Amérique est illustré par les faits publiés par les soins du Département du Travail des Etats-Unis, qui montrent que le nombre des conflits industriels qui fut de 4.450 en 1917 n'est déjà plus que de 1.227 en 1924.

Prenons le cas d'un patron qui, fabriquant un article d'utilité courante, ne fait travailler que les deux-tiers de son matériel et les deux-tiers du personnel qu'il emploierait si son usine travaillait à plein. Admettons que ses ouvriers sont syndiqués et payés au tarif syndical. Son établissement étant loin de travailler à plein, la part de frais généraux supportée par chaque article est nécessairement plus lourde qu'elle ne le serait dans une exploitation normale. Ce patron décide de se libérer des groupements auxquels il a pu adhérer et de réduire, dès qu'il le pourra, le prix de l'article afin d'accroître le volume des ventes. Comme ses ressources financières sont faibles, il peut ne pas oser réduire brusquement le prix de son article car il ignore encore dans quelle mesure il lui sera possible de diminuer le prix de revient. C'est sur ce dernier point que vont se concentrer ses efforts. Persuadé qu'aucune entreprise industrielle n'est parfaite il étudie avec la plus grande attention les moindres détails du fonctionnement de son établissement dans le but d'éliminer tout gaspillage et de supprimer toutes les dépenses inutiles. Il cherche donc à réaliser des économies. Peut-être que son service de statistique est employé à établir une documentation copieuse dont on ne se sert guère. En ce cas, il réduira le nombre des employés de ce service, supprimant ainsi les frais généraux attachés à eux. Il n'y a pas de doute que tout examen attentif d'une affaire, dans ce pays ou dans un autre, ne fasse découvrir des gaspillages pouvant être éliminés. Ayant effectué un chiffre d'économies déterminé, supposons qu'il décide de consacrer cette somme à l'achat d'une installation nouvelle destinée à supprimer une perte de temps et de travail dans les méthodes de fabrication. Il informe ses hommes qu'il a l'intention, avec leur aide, d'accroître sa production et d'augmenter leurs salaires. Et après une évaluation attentive, il fixe un taux de base de rétribution proportionnel à la production dans tous les services où cela est possible. A ce moment, le fabricant est déjà en mesure d'appliquer les économies réalisées par la suppression du gaspillage, à la réduction du prix de l'article et à une première augmentation des salaires afin de bien convaincre son personnel de la sincérité de ses projets. Aussitôt que les ouvriers seront convaincus de sa bonne foi, il verra disparaître toute trace d'inertie, de mauvaise volonté ou de « grève perlée » qui aurait pu se manifester dans ses ateliers. L'augmentation de salaire obtenue représente l'un des buts les plus chers des Trade-Unions dont ils font partie.

Après cela, le patron informe son personnel de sa nouvelle politique et leur déclare son intention de leur payer désormais des salaires proportionnels au succès de l'entreprise, ce qui les engage à travailler avec plus d'enthousiasme. Les prix réduits auxquels il offre maintenant ses produits ont pour résultat d'augmenter le volume des ordres.

Une fois le mouvement donné, il n'y a aucune raison de ne pas continuer à améliorer la situation de la maison à condition de continuer à appliquer avec persévérance les principes cardinaux du programme : réduction des prix, élévation des salaires en proportion de l'accroissement du rendement, guerre au gaspillage, amélioration du matériel, etc...

On a prétendu que les succès de l'industrie américaine étaient dus à des facteurs particuliers aux Etats-Unis et qui n'existent pas en Angleterre où les mêmes procédés d'exploitation ne donneraient aucun résultat. On a même dit que « c'était une erreur profonde de croire que l'ouvrier américain et l'ouvrier anglais avaient la même mentalité et que ce qui plairait à l'un plairait aussi à l'autre ». On nous dit aussi que « l'appât de l'argent est moins vif pour l'ouvrier anglais que pour la classe hétérogène à laquelle appartient l'ouvrier américain ». Personne cependant ne niera que tous les ouvriers du monde se ressemblent en ce sens qu'ils désirent tous gagner des salaires élevés. Le but ultime de tous ceux qui sont engagés dans l'industrie, ouvriers comme patrons, est la création de la richesse. Quant au fait que certaines maisons ont complètement négligé d'offrir à leurs ouvriers cet « appât de l'argent », il constitue, nous le croyons, une raison suffisante justifiant le développement vigoureux des Trade-Unions dans ce pays. Un patron exerce une influence considérable sur l'existence de ses ouvriers et sur le bien-être de leur famille ; il est donc moralement obligé de faire tout ce qui est en son pouvoir pour avoir la certitude qu'ils sont satisfaits. Et lorsque les ouvriers ne sont pas complètement satisfaits de leurs patrons, on sait qu'ils ont recours à d'autres moyens. Les patrons n'ayant, dans la plupart des cas, en Angleterre, nullement réussi à convaincre le travail des avantages de l'accroissement de la production, en lui donnant la preuve tangible sous forme d'espèces sonnantes à la fin de la semaine, l'introduction de nouveaux moyens d'accroître le rendement a toujours été regardé avec défaveur et même suspicion par les ouvriers. On ne saurait d'ailleurs les en blâmer. Et c'est ainsi que les Trade-Unions ont été amenés à adopter la théorie que la limitation du rendement est le seul moyen de préserver à la fois le taux des salaires et l'emploi.

Considérons cependant les sommes considérables qui sont actuellement consacrées par le travail à l'entretien, dans tous les pays, des Trade-Unions et leurs états-majors chargés de veiller aux intérêts des travailleurs. Que d'argent gaspillé en pure perte représente cette dépense ! Si l'industrie était vraiment bien dirigée, cette perte serait éliminée et tout cet argent resterait dans la poche des ouvriers.

L'industrie anglaise semble, disions-nous, être parvenue à un point d'arrêt, abandonnant aux chefs des maisons américaines l'honneur de continuer des progrès industriels qui furent cependant appliqués pour la première fois dans notre pays. L'Amérique a trouvé par hasard le secret du succès simplement parce que la pénurie de main-d'œuvre l'a obligée par nécessité à concentrer tous ses efforts à l'adoption de moyens destinés à épargner le plus possible le temps et le travail humains. Nous n'avons jamais éprouvé en Grande-Bretagne pareille pénurie de main-d'œuvre. Nous avons la chance de posséder au contraire une main-d'œuvre d'une qualité incomparable. Nos ouvriers sont bien élevés, intelligents, respectables et respectueux, honnêtes et consciencieux. A côté d'aptitudes physiques de premier ordre, notre peuple est doué d'un véritable talent qui se manifeste le plus souvent sous la forme d'un remarquable esprit d'initiative accompagné d'une ingéniosité inégalable et du plus grand esprit de détermination. On nous affirme que les meilleurs ouvriers de l'Amérique industrielle sont de véritables anglais et l'Américain moyen n'arrive pas à comprendre pourquoi l'ouvrier anglais qui n'a pu prospérer en Angleterre réussit si bien en Amérique.

La vérité, c'est que les belles qualités de nos ouvriers représentent un capital national dont l'importance n'est ni réalisée ni développée comme elle mérite de l'être.

Pour qu'une affaire prospère, il faut que non seulement chaque ouvrier, chaque membre du personnel soit encouragé, mais surtout que le propriétaire lui-même désire véritablement augmenter ses profits. Sans cet aiguillon, toute l'affaire reste exposée à un danger. Il y a en Angleterre certains patrons qui pensent que puisque leur affaire leur assure une existence confortable ils n'ont nullement besoin de se tracasser dans le but d'augmenter leurs bénéfices qu'ils trouvent suffisants. Le fait que de pareilles affaires continuent à exister est un critérium du relâchement si répandu de la conception du patronat. Seule une concurrence menaçante est capable de rappeler ces patrons à la réalité. La plupart d'entre nous ont rencontré ce vieux gentleman charmant à la tête d'une vieille affaire dont l'activité ne varie guère d'années en années, excepté toutefois qu'elle décline tout doucement. Nous connaissons aussi le gentleman qui se rend à son bureau quatre fois par semaine, se met au travail vers dix heures et demie, consacre deux heures à déjeuner, et qu'une voiture confortable éloigne dès 4 heures et demie d'un bureau aussi morne que confortable. Ce type de patron ne se soucie généralement pas d'étendre son affaire. Supposons-le industriel et qu'un concurrent commence soudain à réduire ses prix. Notre ami va se trouver dans l'alternative ou de suivre le mouvement ou de se résigner à recevoir moins d'ordres.

Si le concurrent peut continuer à réduire encore son prix de vente par suite de la réduction de son prix de revient, notre ami se verra progressivement expulsé du domaine des affaires, à moins qu'il ne se décide à donner aussi quelque attention à la question du prix de revient. S'il s'avère incapable de modifier ses méthodes, nous aurons le spectacle d'un patron dont la politique empêche tous ceux qu'il emploie d'élever le niveau de leur vie pour le seul profit d'un concurrent qui, lui, grâce à son initiative, a réussi à élever le niveau d'existence de son personnel.

Le public bénéficiera presque toujours d'une réduction de prix, car cette initiative sera presque toujours prise par quelque concurrent. Et notre patron momifié devra bientôt songer à ses lauriers et à sa retraite. Rappelons que de nombreuses usines d'automobiles bien connues quelques années avant la guerre ont dû disparaître simplement par suite de l'impossibilité où elles se sont trouvées de réduire les prix de vente en réduisant le prix de revient.

Devant la libre et saine concurrence, une entreprise industrielle — pas plus que tout autre affaire — ne peut ni se condamner ni se résigner à l'immobilité. Elle doit aller de l'avant ou accepter sa déchéance. Aller de l'avant, cela signifie l'amélioration continuelle des articles offerts au consommateur par une réduction de prix ou par une amélioration de qualité. Et la maison se trouve amenée, comme nous l'avons montré, à élever le niveau d'existence de ses ouvriers.

Nous devrions tendre à l'élévation des salaires, ce qui ne peut être obtenu qu'en développant la productivité de l'homme.

En Angleterre, l'incapacité est devenue aujourd'hui un véritable placement. On sature le public et les actionnaires de discours pour leur prouver que tandis qu'une politique de défenses sans contrepartie est nécessaire, d'un autre côté les pertes que la compagnie doit subir sont le fait de forces extérieures et ingouvernables.

Il y a quelque temps, le président d'une compagnie

industrielle anglaise, après avoir tracé le tableau assez triste des affaires peu satisfaisantes de la compagnie mentionnait le fait que l'Allemagne avait reçu des ordres qui, dans des circonstances ordinaires, auraient dû être exécutés en Angleterre. Il ajoutait, s'adressant aux actionnaires :

« La situation dans laquelle nous nous trouvons a deux causes : les prix de revient élevés et notre politique financière et fiscale qui ne nous permet pas d'affronter la concurrence comme il le faudrait. J'ai fait allusion à l'accroissement inévitable du prix de revient lorsqu'une partie de l'usine travaille seulement ; mais lorsque le prix de revient est élevé, on ne peut abaisser le prix de vente ; et quand on ne peut abaisser le prix de vente, on ne peut recevoir assez d'ordres pour faire travailler toute l'usine ; et alors les prix de revient sont plus hauts et ainsi de suite, de mal en pis ».

C'est ainsi qu'on expliqua aux actionnaires, à côté des raisons qui avaient empêché de recevoir des ordres, que la politique consistant à élever les prix était une véritable politique de suicide. Sans commentaires.

Lorsque les patrons évitent de faire certaines communications à leur personnel, il y a toujours des ouvriers ou des employés pour croire qu'on leur cache quelque chose. En Angleterre, les patrons sont particulièrement discrets sur les détails concernant les prix de revient d'après lesquels sont basés les prix de vente. Quels que soient les inconvénients qu'offre la divulgation du pourcentage de profit réalisés, il y a encore plus de mal à le cacher. Si les patrons refusent de faire une confidence à leurs ouvriers, ces derniers s'imagineront que c'est à cause de certains faits qui ne sauraient affronter la lumière du jour.

Les patrons doivent abandonner la théorie que les seuls salaires auxquels puissent prétendre les ouvriers sont ceux qui suffisent à assurer leur simple subsistance, ou qu'un salaire « raisonnable » doit être l'équivalent du salaire *réel* d'avant-guerre.

Pour qu'une affaire puisse avancer et prospérer, les patrons doivent avoir la confiance et l'appui de leurs ouvriers. Rien de plus funeste à la coopération que de mutuels soupçons. Les patrons pourraient éviter tout soupçon en permettant aux représentants des ouvriers de connaître tous les éléments constitutifs du prix de revient des articles que les ouvriers fabriquent. Les délégués des ouvriers devraient être en outre convaincus que toutes les charges qui viennent s'ajouter au prix de la fabrication sont justifiées et dans l'intérêt de la maison. Le nouvel esprit appelé à régner sur l'industrie doit animer à la fois patrons et ouvriers, mais il paraît essentiel que les patrons n'hésitent pas à faire le premier pas en mettant sincèrement les ouvriers dans leur confidence.

Lorsqu'il devient absolument nécessaire pour une maison de faire des économies radicales, un magnifique exemple peut être donné à tous en les faisant tout d'abord porter sur les appointements des directeurs. On agit ainsi parfois aux Etats-Unis depuis quelque temps. Là encore, convenons que l'initiative doit être prise par le patron. En matière de rapports entre ouvriers et patrons, il n'y a aucun doute que l'Amérique est en avance de plusieurs années sur nous.

On nous accuse souvent, nous autres Anglais, et non sans raison, d'avoir l'adoration, le fétiche de l'outillage. Or l'outillage, si étonnant, si merveilleux soit-il, n'est en définitive qu'un moyen en vue d'une fin déterminée, qui est de gagner de l'argent. Nous avons mis tant de temps à amortir notre installation que dans bien des cas, ouvriers, contre-maîtres et directeurs ne peuvent s'empêcher de contempler avec une émotion furtive toute cette machinerie avec ses cuivres brillants et le ronflement familier de son labeur insuffisant. Aussi quand le moment arrive d'acheter une nouvelle machine, on exige bien souvent du fournisseur des embellissements et un fini fort inutiles.

Grâce aux ravages de la guerre, il manque maintenant en Angleterre environ 40.000 hommes, qui occuperaient aujourd'hui des postes importants dans les affaires et dont l'âge serait environ de trente-cinq ans. Ces jeunes hommes absents représentent tout ce qui nous manque en initiative, en esprit d'entreprise, en énergie. C'est peut-être là l'une des vraies raisons de nos insuffisances, puisque les situations qu'ils eussent occupées sont pour la plupart tenues par des vieux. L'équilibre pourrait être cependant rétabli jusqu'à un certain point si les vieux dirigeants n'hésitaient pas à jeter sur de jeunes et solides épaules une plus grande part de responsabilité. En comparaison du temps d'avant-guerre, il manque maintenant à l'Angleterre des hommes de 30 à 40 ans. A mesure que les hommes vieillissent, ils sont plus enclins à compter sur les leçons de l'expérience que sur les risques des entreprises hardies. Mais l'esprit d'entreprise et d'initiative est un élément de progrès plus important que l'expérience et nous souffrons aujourd'hui de sa diminution.

L'état de notre commerce a été cause, au cours des dernières années, d'un curieux changement dans l'usage et les manifestations de notre capacité. La tendance des prix étant à la hausse, des maisons ont essayé de s'assurer des ordres en donnant toute leur attention à la vente elle-même. Le résultat fut que trop de capacités et d'efforts se trouvèrent ainsi inutilement distraits de la branche production, la plus importante, pour se concentrer sur la vente des produits. Les résultats de cette politique ne furent guère satisfaisants. Il est beaucoup plus difficile en effet d'enlever des affaires à des prix élevés, quel que soit le talent déployé, que d'en obtenir à des prix réduits. Cette erreur eut pour résultat de priver les services de production de forces qu'on aurait dû leur laisser.

Il est impossible d'arriver à de brillants résultats dans toute affaire industrielle, sans récompenser judicieusement tous les artisans du succès. Le meilleur moyen d'être certain qu'un homme fera tous ses efforts est de le *bien payer*. Cette remarque est valable pour tous, du plus grand au plus petit. Mais, naturellement, aucune affaire ne peut ainsi prodiguer à tous de justes récompenses, que si ses résultats sont satisfaisants. En d'autres termes, *les hauts salaires sont des témoins du succès.* Nous pourrions citer des exemples d'entreprises payant respectivement à leurs ouvriers des salaires élevés ou bas. Un examen attentif des conditions dans lesquelles elles fonctionnent permettent d'affirmer que chaque fois les salaires bas accompagnaient une situation discutable et précaire et les salaires élevés, au contraire, une situation toujours brillante. En Grande-Bretagne, nous constatons beaucoup de salaires relativement bas dans les mines de charbon et de hauts salaires à Coventry. Demander à des ouvriers d'accepter des salaires inférieurs équivaut à réduire l'importance de la firme.

Pour assurer la prospérité de la Grande-Bretagne, il est nécessaire que tous les ouvriers donnent le meilleur de leur intelligence et de leurs forces. Plus nous nous obstinerons à ne pas suivre le progrès et à ne pas employer de machines pour accroître la capacité de production des ouvriers, plus nous nous enliserons dans l'ornière du commerce déficitaire. Mais ce « mauvais commerce », que signifie-t-il, sinon que les autres peuples ne demandent plus nos services, et pour une seule raison : c'est qu'ils sont trop chers ? Et ils sont chers parce que nous ne donnons pas à notre industrie le meilleur de notre activité.

Les auteurs de cet ouvrage ont essayé d'expliquer aux industriels et aux ouvriers les raisons du miracle économique américain. Ils ont également essayé de montrer que, malgré des conditions assez différentes il n'y avait ni bonne raison ni obstacle insurmontable pour empêcher la réalisation à son heure d'un « miracle économique britannique ».

Que nous reste-t-il à faire ? Nous éveiller au sens des réalités et organiser économiquement notre maison. L'avenir de la Grande-Bretagne sera alors moins sombre que certains pessimistes ne l'auront peint et une « prospérité sans précédent » sera aussi assurée de nouveau à notre vieux pays.

Le *Secret des Hauts Salaires !* On le trouvera en appliquant les principes que nous avons exposés dans cet ouvrage et qui sont tous inspirés d'un esprit de simplicité.

Et répétons comme les Français : « *Pourquoi compliquer la vie ?* »

TABLE DES MATIÈRES

Imprimerie Tridon-Gallot, rue de Paris, 47, 49 et 51. - Auxerre

www.ingramcontent.com/pod-product-compliance
Lightning Source LLC
LaVergne TN
LVHW012020220826
846092LV00001B/424